JN007119

前川佐美雄歌集

三枝昂之 編

書肆侃侃房

前川佐美雄歌集＊もくじ

前川佐美雄歌集　凡例

一、本書には前川佐美雄の短歌一六〇〇首を載せた。
一、本書は次の項目からなる。編者による選歌集と解説、前川佐美雄年譜。
一、本書は前川佐美雄の歌集『植物祭』と『大和』を完本で収めた。
一、収録にあたっては『前川佐美雄全集』（砂子屋書房）を軸に、各歌集を参照した。ふりがなは『前川佐美雄全集』の通りとした。

『春の日』抄

向日葵

ひぐるまの畑(はた)のいきれを吹く風に早もつかれてひと思ひをり

桐の實

すべもなきわが利心(とごころ)となりにけりしばしは人と物言はざらむ

野の空

野の上の空ふかくして我はさびしこのうつしみをいたはらむかも

宵

おのづから眼はわが前を見つめしに人の眼(まなこ)がおどろきにけり

ほがらかに笑へり我とおどろけばまた寂しさが身のまはりなり

合歓木

干草(ほしくさ)の匂ひをかげばひもじきにうらうら秋の日は落ち行けり

道の霜

簷下(のきした)の干柿(ほしがき)白き粉をふきてこころともしき冬となれりけり

山上行

ここにして紀伊にかたむく山脈(やまなみ)のはろはろとして雲も居(を)らせぬ

月の下

寒天（かんてん）の野にほろびたるいのち思へあはれむぐらの如く伏しにき

枯れ原のここに月照る夜どほしはこの石佛（せきぶつ）もかげをもちてゐむ

青き光

神々のいのちをいくつ殺（あや）めしと思ふ暗闇（くらやみ）のとき過（す）ぎたるに

春の日以前　一

沈丁の匂へる縁のあたたかく頭（あたま）いたみて戀ひもだえける

ぼうぼうとわが身をかくす萱原（かやはら）に入りゆく時ぞ遠鐘（とほがね）は鳴る

春の日以前　三

この心かなしきものぞ罅（ひび）入れる窓の硝子に紙貼（は）りておく

『植物祭』（完本）

故園の星

夜道の濡れ

かなしみを締(し)めあげることに人間のちからを盡(つく)して夜(よる)もねむれず
人間のおとなしさなればふかき夜(よ)を家(いへ)より出でてなげくことあり
春の夜のしづかに更けてわれのゆく道濡れてあれば虔(つつし)みぞする
人みながかなしみを泣く夜半(よは)なれば陰(かげ)のやはらかに深めて行けり
人間の世にうまれたる我なればかなしみはそつとしておくものなり
かなしみはつひに遠くにひとすぢの水をながしてうすれて行けり

手の上に手をかさねてもかなしみはつひには拾ひあぐべくもなし

おもひでは白のシーツの上にある貝殻のやうには鳴り出でぬなり

晴着(はれぎ)きて夜ふけの街に出でてをる我のさびしさは誰も知るまじ

ひとの世に深きうらみをもちをれば夜半の涙も堪へゐねばならず

床の間(とこのま)に祭られてあるわが首をうつつならねば泣いて見てゐし

幸福のわれが見たくて眞夜なかの室(へや)にらふそくの火をつけしなり

眞夜なかの室(へや)に燃えゐるらふそくの火の圓(ゑん)をいまは夢とおもへり

子供にてありしころより夜なか起き鏡のなかを見にゆきにけり

てんかいに遅遅とほろびて行く星の北斗もあればわれのねむりぬ
あたらしく北斗となれるペルセウスの星をながめて夜夜さびしめり
つひに北斗もマンドロンダンの星に狙はれて蒼き光を夜夜に嘆けり

故園の星

何んとこのふるい都にかへりきてながい歴史をのろふ日もあり
幾千の鹿がしづかに生きてゐる森のちかくに住まふたのしさ
このうへもなき行のただしさはいつか空にゆきて星となりたる
百年このかたひと殺しなきわが村が何んで自慢になるとおもへる

むかしわが母にききたる子守唄そのこもりうたになごむ日もあり

村びとが水汲みにくる野のなかのいづみを見つつこころ和(な)ぎゐる

何んといふこはさまざまの小虫らよ青草の根にかたまりひそむ

幾萬の芽がうつぜんと萠えあがる春をおもへば生くるもたのしき

草刈つてゐるは幼時の論敵かなつかしさが胸にこみあげてくる

千年のつきひはやがてすぎ行かむされども星は地にかへり來(こ)ぬ

つひにわれも石にさかなを彫(ほ)りきざみ山上(さんじやう)の沼にふかくしづむる

山上(さんじやう)の沼にめくらの魚らゐて夜夜(よよ)みづにうつる星を戀ひにき

われもまた隱者(ハミツト)となりて山に入り木に蜥蜴(とかげ)らを彫(ほ)りて死ぬべし

眞夜なかは四壁(しへき)にかがみを掛けつらね火を點じてぞわれの祈れる

四角い室

なにゆゑに室(へや)は四角でならぬかときちがひのやうに室を見まはす

四角なる室のすみずみの暗がりを恐るるやまひまるき室をつくれ

丸き家三角の家などの入りまじるむちやくちやの世が今に來るべし

燈(ひ)のまへに手はものの影をゑがきつつ今宵も何かまとめかねゐる

この壁をトレドの緋(ひ)いろで塗りつぶす考へだけは昨日にかはらぬ

壁しろき室にかへりてわれはいまなにも持たぬとなみだながるる
室の隅にあかるい眼(まなこ)をもとめゐるあはれねずみよそこにゐてくれ
夕くらむわが室の壁をながめては今日もつかめぬ何もののあり

孤獨の研究

人間の身にありければすこしでも日かげはながくながめたきなり
生きものの憎(にく)しみふかき蛇ながらとてもわれには殺すちからなき
冬ながら今日の溫(ぬく)さに這ひ出でしあはれなる蛇よ殺されねばならず
床下(ゆかした)の暗さにいちづに向いてゆくわが頭なり物をつきつめるなり

眠られぬ夜半におもへば地下ふかく眠りゐる蛇のすがたも見ゆる
どろ沼の泥底ふかくねむりをらむ魚鱗をおもふ眞夜なかなり
さしせまる家のあやふさは父母も我も口に出さねば深きさびしさ
ほそぼそと漬菜嚙みゐるひとり身のわがさびしさは氣の毒ならむ
膳の上のこのいまめしき金頭魚憎くしなりて目玉ほりやる
なまぐさいこの牛の舌もおとなしく食べねばならずと眼をふたぎをり
晩もまたあのいかめしき金頭魚が膳にのぼるかとひとりおそるる
牛の舌金頭魚などと日がはりに食はされてゐてはたまらずやあらむ

春になり魚(さかな)がいよいよなまぐさくなるをおもへば生きかねにけり

苦惱の氷柱

をさならのうた歌ひゐるなかに來てわがするどさのたまらざりしか

おもほへばなにが何やらわからざるまぎらはしさに生くるこのごろ

貧しさにこころかまけて生くらくはおもひ見るだにたまらぬなり

たまきはる生命(いのち)きはまるそのはてに散らつく面(おも)よ母にあらずあれ

苦しさにのたうちまはる氣ぐるひの重なるはてやつひに死ぬべし

のろはしと世をいきどほる悲しさはことさら母にやさしくぞなる

新聞の切り抜きを今日もしまひゐていきどほろしき世を思ひたり

いまの世にめぐみなどさらにあるものかほつといて呉れといふ心なる

いまもまたわが掌(てのひら)のうすよごれ覗(のぞ)いてゐたりはかなくぞなる

ひと凌(しの)ぐこころも今はなくなりておとなしく世のかげに添ひゐる

ほのぐらいわが影のなかにふとひかり土にもぐれる虫ひとつあり

おもへども甲斐なきことのつぎつぎに湧き出るはてや死にかねずゐる

掌(てのひら)をじつと見てゐるしたしさよ孤獨(こどく)のなみだつひにあふるる

罪ふかき我にやはあるか行く先に持つ子おもへば生きかねにけり

どうしても駄目駄目と思ふ悲しさよ溝(みぞ)ほりになつても身は生きられる

へうきんに世をわたりゐる彼(かれ)の眼(め)のつねなきさまにも心惹(ひ)かるる

あはれ世の何ものにしも換(か)へがたきこの自尊心のくづるる日にあり

足もとの土がおちいつて行くごときかかる不安は消しがたきなり

燈(ひ)の下(もと)に青き水仙を見つむれどこの氣ぐるひのしづまらぬなり

胸のうちいちど空(から)にしてあの青き水仙の葉をつめこみてみたし

身をかばふこころがせちに可愛(かあい)くて水仙のはなをふたたび活ける

よこしまの思ひはいくらつのるとも人のものまで盗(と)るとは言はず

人の物を盗りてならずと教へられとりてはならずと決めてゐるあはれ
われのこの寝がほがあまり恐すぎてゐたたまらぬと母はなげけり
青空をながめてをればおのづから苦しみの胸もひらきて來なり
北窓のあかりのもとに眼はさめてこほろぎの目のあをき秋なり

葉煙草

野の家にすこしはなれて立ちをれば風吹き來たるあをき空より
葉たばこを吹かしゐることがたのしくて窓より碧き野の空を見る
窓あくれば青き森より風は入りたばこのにほひがすこしながれぬ

森のなか椎茸のねやはつくられありうす紫の春のきのこあはれ
朴の落葉しろじろかわきありければ踏みたる音がかろやかにあり
小檜木(こひのき)のしげみがなかに冷(ひや)やかにをりてはあをあを煙草も吹けり
頸すぢに檜葉(ひば)ひややかにふるるよとふりむけば白き富士が見えてゐる
山ばらはいばらばかりの莖あをし手にひきみてはなぐさまるなり
みんなみの駿河の海にながれ行くさびしき川よわれわたりをり
うすうすとゆふべは霧のながれゐて野のどことなく明るくおもほゆ
何んといふ眞白の富士ぞ大野原のこのたかき松にのぼりて見れば

敵

こころよく笑(ゑ)みてむかふるわれを見て組(くみ)し易(やす)しとひとはおもふか
眞夜なかにふつと目ざめて眼(め)をひらく悔(くや)しさのわれや涙あふるる
眠りてもいかりのこころとけがたく夢にいかりていくたび覺める
何もかも滅茶滅茶(めちゃめちゃ)になつてしまひなばあるひはむしろ安らかならむ
生きゆくは容易(たやす)からぬと知りてより生くるさびしさも深まれるなれ
ところ得(え)ずとき得(え)ずひと得(え)ずゐる我をわれのみの罪と君もおもふか
死をねがふ我をあざける友のこゑ聞きたくなりてききに行くあはれ

行く處（ところ）まで行かねばわかぬわが心行きつく果（はて）のあらばまたあはれ

われを死なすは君の言葉よ君こそはげにわが敵とおもほゆるなれ

おのれを殺すに慣（な）れて生きをれど生氣地（いきぢ）なしとは死にても思はず

おのれの弱さを知らずうちしやべりわけのわからぬさびしさにゐる

悲しげな恩義を知らず買はされて今は抜き差しもならずなりゐる

君などに踏（ふ）み臺（だい）にされてたまるかと皮肉な笑（ゑ）みをたたへてかへる

死ね死ねといふ不思議なるあざけりの聲が夕べはどこからかする

青白い影

身にきざす深きやまひをおそれつつ夜ひるわかぬ生活をつづける
夜はねむり晝ははたらくひとびとの律しがたかるわがなやみなり
青白く壁にうつれるわがかげも朝がたゆゑに見なければならず
夜半いねず窓うすしらむ朝がたにくるふ身なればいかにかなしき
ねむられぬ夜半に思へばいつしかに我は影となりかげに生きゐる
室なかにけむりの如くただよへるわが身の影は摑むこともならず
今日もまた四方にくらくひくき壁われのからだにのしかかりくる

止(と)まつてゐる枕時計のねぢかけるこの眞夜なかの何もないしづかさ

この壁のむかふの室(へや)にゐるひとの影(かげ)うすじろくわれにかかはる

青じろく霧くだるらむ冬の夜の朝がたにしてやうやくねむる

鶏(にはとり)のたまごがわれて黄(き)なりしを朝がたさむくひとり見てをり

押入風景

ふと立ちて押入(おしいれ)あけてのぞきけりこの暗さにぞ惹(ひ)きつけらるる

あはれわがこの室のうちに押入のひとつあるこそなつかしきかな

押入の襖(ふすま)をにはかに開けはなち氣がかはるかと待ちつづけゐる

押入は暗いものよと決めてゐるこころのうちをたどり見るべし

押入のふすまをはづし疊敷かばかはつた恰好の室になるとおもふ

吾（あ）を寝するこよひの夜具は押入にしまはれてありとなぐさまる

いまにはかに身に仕合（しあ）はせもきたらじと押入あけて夜具を出しゐる

外に出れば虐（さいな）まれがちのわがいのち押入の中にでも隠（かく）れたくなる

押入の暗がりにでも入りてをらざればとてもたまらじと思ふ事あり

穢（むさ）きものはみな押入につめこんで室のまんなかに花瓶を持ち出す

室のうち片づけ終へてすわりたれさてこれからがさびしきなり

押入に爆藥もなにもかくさねどゆふべとなればひとりおびゆる

眞夜なかに戸棚(とだな)あけたるその音にうちおびえてはまた寢にかへる

秋の生物

父や母がなくてはわれに溫(あたた)かき血ははじめからなかりけむかも

かかる家に嫁(とつ)ぎしゆゑに不孝者のわが親となれるわが母をあはれ

もういちど生れかはつてわが母にあたま撫でられて大きくなりたし

おとうとがアルコール詰(づめ)にしてゐるは身もちの守宮(やもり)愛(かな)しき眼(め)をせり

清正は秀吉の家來(けらい)と教ふれどとても納得(なつとく)のならぬ子ろあはれ

あふむけに疊のうへを舞ひもがくこの源五郎(げんごらう)虫をなぐさみにす

脊筋(せなすぢ)に入りし羽虫にもがかれるわれはあはれか立ちあがりけり

むらむらとむごたらしこころ湧くときのわが顔はあはれ氣違(きちがひ)ならむ

そこらまで野べの小鳥の來てをれば草にねたまま死んだふりする

草はらに來てねてをればわが肩にひととも知らで蝗子のぼりぬ

街上にむごたらし犬の死にざまよたれかその眼をはやとぢてくれ

ふるさとの紫蘇の實のにほひを頻り戀ひ頻り戀ひゐる雨の降る日に

ふるさとの虚(むな)し風呂にはいまごろは薄朱(うすしゆ)の菌(きのこ)生えゐるとおもふ

その母に洟（はな）かむすべをしへられ洟をかみたるをさなごをあはれ

東京に蝗子賣といふおもしろきあきなひのあるを母に知らさむ

蝗子賣（いなごうり）に蝗子買ひゐしをさなごの唇（くち）の臭（くさ）さはおもひたくなけれ

串にさしし蝗子らはいまだ死にきらずそのけりあしを頻りけりあひ

こはごはにわが室をのぞく宿の子にゆふべとらへしばつたをやりぬ

あららけく荒（すさ）みゐるらし東京に韮（にら）の汁吸ひてまづ住みそむれ

つづけさまに嚔（くしやめ）をしつつ起きいでて庭にさかりのコスモス見るかな

起きいでて顔をあらひに行くひとのくしやめをやめず廊とほるあはれ

ひたすらにひたひが熱(あつ)くのぼせゐるわが眼のまへにゐるぞかまきり

秋晴

いそがしく十字路横ぎる傍目(わきめ)には街頭の菊の鉢が見えけり

なみなみと水を湛へて顔をあらふとてもすばらしく氣が晴れてをり

天氣ぞといふひとこゑに飛び起きて洗面に行くぞたのしきなり

すつぱりと着物着かへて何處(どこ)となくこの秋晴に出でて行かましを

どうせこの虫にもおとるわれなれば今日の秋晴にも寝てゐてあらむ

秋晴の日和つづきにこもりゐるわれはおろかかめしひにぞ似る

障子押せば外面(そとも)に出づる炭けむり陽(ひ)にあをむなかに羽虫らとべり

このままに我のねがひのとほらずば枯野のなかのむぐらもちにならむ

頭脳(あたま)わるくかなしきなれどよきことのたまにひとつは浮き出てもくれ

裸體(はだか)にて量器(はかり)のうへにのつてゐるこのさびしさはいくとせぶりぞ

霜枯れの野よさがしこしくさぐさの雑草の紅葉(もみぢ)瓶にまとめ插(さ)す

霜がれの野よとりてこし蟷螂(かまきり)は瓶の白菊にとまらし見をり

ぞろぞろと鳥けだものをひきつれて秋晴の街にあそび行きたし

秋晴のかかるよき晝は犬も猫もまた豚も馬もあそびにきたれ

夕日の展望

あかあかと野に落つる夕日わが門(かど)になにをのこせるわが今日も立つ
沈みゆく夕日のひかり野に立ちてひろげては見し掌(て)に何もあらず
あんな家(いへ)がじぶんの住家(すみか)であつたかと夕日の野べに來つつうたがふ
この門(もん)からひろびろとした野にかよふ落漠(らくばく)たる道が見ゆるなり
日が暮れて今日もかへるなり何ひとついのちにふれしかなしさもなく
あを草の野なかの土を掘り下げて身は逆立(さかだ)ちに死に埋(うづ)もれむ
あかあかと夕日に染まりゐる野のはてに何んとわが家(や)の小さくぞある

野のはてに森はくろぐろと見ゆれども何んの恵みをそこからもたらす

國境の空

遠いあの青くさ野はらを戀ひしがるわがこころいまも窓開けて見る

國境のむかふはあをいひろ野なりまういつからか戀ほしむこころ

海越えて幾萬のばつたが充(み)ち來(く)らむそんな日あれとせちに待たるる

何を見ても何を聞いても我はまうながいこと生きて來たやうに思ふ

すぐ胸に十字を切りたがる生氣地なさいつそ死ねよといふこころあり

五六本木があるうらの空地場(あきちば)にゆふぐれなれば來て煙草吸ふ

空地場（あきちば）にひとりの子供をあそばせつつ汽車の繪をかくはかなしきなり

罎の破片を植ゑこんだ赤い煉瓦塀に添ふてゆくみちはまつすぐなり

不安でたまらないわれの背後（うしろ）からおもたい靴音がいつまでもする

また敵だまうたまらぬといつしんにきちがひのやうに追つぱらひゐる

ながいあのくろがみに身をともすればしばられかける我をおそるる

翅（はね）むしり肢（あし）もげどまだ死にきらぬこの青昆虫（あをむし）に敗（ま）くるべからず

われの手に殺されかけてる青虫をたたみに置いてなみだはあふる

悲しみの章

青くさの野がひろびろと闇(やみ)のてに映(うつ)るがゆゑにあゆみゐるなり

世に生きて蔑(さげす)まれずにすごす日のかかるよろこびは草にも分かたむ

威勢のいいあの地獄どもの歩きぶり見てやれ見てやれといふ心あり

荒土(あらつち)に冬ふかくこもりゐる蛇を掘りいだしてはみつめたくあり

しら雲はかげをおろしていゆくなりあはれいづこにわれの救(すく)はる

止めどなくなみだは熱(あつ)くこぼしつつ野を森を行く何んのめぐみならむ

ひとひらの雲わがうへをながれをりかかるめぐみにもうなだるる

夕陽のかがやく遠(をち)に家ひとつ緑(みどり)にとりまかれゐる何んの幸(さち)ならむ

そのへんがうすぐらくなつて來たときにゆふべ枯草の野にうづくまる
夕暮れは家のうちらがありがたくおもはるる野の霧あかりなり
娶れといふ母のすすめをはねつけるこころにすまぬかなしさはあり
何んといふ深いつぶやきをもらしをる闇の夜の底の大寺院なり
街なかのきたない溝に身はおちて世に施餓鬼せむわれにはあらず
昔よりよろめく姿のいくたりがはやくわが眼にうつりゐしあはれ

五月の斷層

鞦韆

春の空に雲うかびゐるまひるなり家にかへりてねむらむとおもふ

野の末に白雲ひくく垂れてをりそこから風がひえびえと吹く

嫩芽(わかめ)吹く木の間(こま)にみちははいり來ぬさてしづしづと散歩のこころ

野のうへの小公園にはいり行く麥穂(むぎほ)のみちよ遠まはりする

春の野にとぶ蝶蝶(てふてふ)のかろらなるこころなり鞦韆(ぶらんこ)に乗つてゐるなり

ひとり野に來て清水(しみづ)のんでをるときは世をいきどほるこころもあらず

ひとりのわれをいくにちたのします草ばなぞ春の野から摘み來る

ねそべつて頬づゑついて脚曲(あしま)げて室のなかから野の空を見る

につくわうの暖かき椽にすわりゐて草ばなの鉢を膝にかかへる

椽がはの草ばなの鉢に日が照り來またかぎろひて風すぎにけり

薔薇類

夭く死ぬこころがいまも湧いてきぬ薔薇のにほひがどこからかする

ふうわりと空にながれて行くやうな心になつて死ぬのかとおもふ

街に來て香水をふと買ひてみぬ誰にはばからぬよきにほひなり

まくらべの白薔薇のはなに香水のしづく垂らしおきて晝やすみする

いもうとの香水をぬすんで襟にしましたただわけもなくうれしきなり

わが室にお客のやうにはいり來てきちんとをれば他人の氣がする

美しいむすめのやうな帶しめてしとやかにをれば我やいかにあらむ

室室（へやへや）に花活けかへてこころよきつかれ身にあり晝やすみする

ヴランダに地圖をひろげてねむりゐぬコンゴの國はすずしさうなり

庭の上に椅子四五脚が散らばされありそのひとつに坐り春の空見る

五月の斷層

わかくさの野にひつたりとをさなごを抱きしめてゐるさびしきなり

箱根のやまつづきの山にまつさをな扇のやうな熊谷草をとる

風船玉をたくさん腹にのんだやうで身體のかるい五月の旅なり

あを草のやまを眺めてをりければ山に目玉をあけてみたくおもふ

青くさの野にともだちを坐らしおきはなれて見ればよき景色なり

五月のひかりあかるい野あるきに耳のほてりを清水に濡らす

頭ついて逆（さか）さに這ひゐる六月のこの甲虫があはれでならぬなり

あを草の山に扉（とびら）をうちあけてくるしみの身をかくれたくあり

ぎばうしゆの青葉を摘んでぬけた齒をそつと包（つつ）んでゐる悲しきなり

齒がひとつ抜けしばかりに儚（はかな）くなりしよしよと五月の旅を終へる

旅に出てもわがくるしさはをさまらず山も野もみな消えてなくなれ

鏡

街をあるきふいとわびしくなりし顔そのままかへりきて鏡にうつす

壁の鏡にうつるやうにと薔薇の鉢をそのまむかひのテエブルに載（の）す

不快さうでひとと話（はなし）もせぬときのあのわが顔がみたくてならぬ

室の隅に身をにじり寄せて見てをれば住みなれし室ながら變つた眺めなり

鏡のそこに罅（ひび）が入るほど鏡にむかひこのわが顔よ笑はしてみたし

壁の鏡に窓カーテンが三部ほどうつりゐる位置で本よみてゐる

壁の鏡にまともにうつるあをい繪よマチスの額(がく)をふりかへりみる

せめてわが寝顔だけでもやすらかに映りあれよと鏡立てて寝る

この室の氣持をあつめて冴えかへる恐ろしい鏡なり室ゆ持ち去れ

夜なかごろ氣持がふいにうごき出し夜明けも知らに室かたづける

暴風雨(あらし)のすぎたる朝は奥の室(ま)の鏡さへそこなしに青く澄んでる

美麗なる欲望

天井を逆(さか)しまにあるいてゐるやうな頸(くび)のだるさを今日もおぼゆる

覗(のぞ)いてゐると掌(て)はだんだんに大きくなり魔もののやうに顔襲(おそ)ひくる

昂(たかぶ)れる心持が夢にひきつづきいつまでたつてもねむりきらぬなり

行く末は頸(くび)くくるのではないのかとひよんな豫感がまたしてもする

昨夜(よべ)もまた頭のなかのひとところあきまのやうに眠りきれずあり

耳たぶがけもののやうに思へきてどうしやうもない悲しさにゐる

はかならしいわが行く末がかなしくてぢぢむさい掌(て)に覗きこんでる

まつ暗な壁にむかひていまもあれどこの壁はつひに眼をあいてくれぬ

路の上に唾(つば)吐きすてて行くひとをこころのうちににくしめるなり

電車自動車ひつきりなしの十字路に死につぶれてみたくてならぬなり

このからだうす緑なる水となり山の湖（うみ）より流れたくぞおもふ
湖（うみ）の底にガラスの家を建てて住まば身體うす青く透（す）きとほるべし
はつきりと個性をかざして來る友といさかひ歩くをたのしみとせり
さんぼんの足があつたらどんなふうに歩くものかといつも思ふなり
どうなつとなるやうになれとおもひゐる心のうちはさびしきなり
牛馬（うしうま）が若し笑ふものであつたなら生かしおくべきでないかも知れぬ

雲と少女

顔やからだにレモンの露をぬたくつてすつぱりとした夏の朝なり

いますぐにテニスしに行くわれなれば果物（くだもの）の露はしとどに吸へり

遊動圓木の庭にある少女の家に來て少女とテニスをして遊ぶなり

蔦の葉のあをあをとからむ窓ぎはで靴下を脱いでゐる少女なり

緑陰に少女と微笑をかはすとき雲はしづかにながれてゐたり

野のうへに青いプールが見えるなり彼女はすんなり游ぎゐるべし

バルコンにのぼりて見れば野のはての山ひくくかすむすでに夏なり

山荘の彼女からとほくおくられた春の白頭翁（おきなぐさ）なり水かけるなり

山の三時

まつぴるの光を浴びてあゆむればむかふの山はあをあをと見ゆ

眞日（まひ）の照り清らにするどき途上にて清水のながれにいくど止（とど）まる

日傘さして途上に立てるわれわれにこんなに涼しい山の風來（く）る

山みちにこんなさびしい顔をして夏草のあをに照らされてゐる

路ばたに乾ききりたる青萱を拔きつつもとな人の來たるおそき

白雲はいまこのわれらの上にあり汗ふきだまつて草葉に見入る

夏ふけの草木照りあふ眞日なかにわれらしやがんで蟻を見てをる

白雲は遠べに湧きてゐたりけりわが眼のまへを蟻むれてはしる

路きりてながる清水に足ひたすここは山のくち草木の陰(くも)れり

谷におりてみんなさみしい顔をする裏白のむら葉おのづゆれつつ

ここの谷にわきみちして來し晝すぎか水湧き出でてしろじろ流る

こんこんと清水湧きゐるしろじろと羊齒はゆれゐるここの谷に來し

裏白はその谷風に葉うらかへす去(い)なめやとはやひとの眼が言ふ

まん夏の炎天のもとに湧くしみづこんなに清らな水われら飲む

につちゆうの風そよそよとやまざれば君よこのままにいつまでもあらむ

山みちに簇りてありし青栗の毬にみんな手を觸れて來しことを言ふ
燈火は行くてにひとつ澄めりけりこのゆふのみち虫のこゑにみつ

黒い蝶

ふらふらとうちたふれたる我をめぐり六月の野のくろい蝶のむれ
そことなく茨はなにほふ六月の野なりわがつかまへる何もののなき
しらじらと雲とほぞらを流らふるわれに涅槃のこころ湧くあり
みちばたに友食ひをしてゐる昆虫の黄いろの翅はふるへつつあり
虫も草も月さへ日さへわがために在りと思ふときの心のめぐまれ

いのち二つあらば二つを繼(つ)ぎたして生きむと思ひしは過去(くわこ)のことなり

美しい人間の夢をつかみそこねしよぼらんとして掌(て)を垂れるなり

まつさをな五月の山を眺めをりあの山の肌は剝(は)がすすべぞなき

すねてゐる心の前におかれたる薔薇のはななればとまどふもあれ

遠くの方へ日はずんずんと過ぎ行きぬすぎし日ごろは　幸(さいはひ)　なりき

遠い山にかへらされ行くゆふぐれの有象無象(うざうむざう)のひとりかわれも

庭の上に一脚の椅子がおろしありこはまた何んと虚(むな)しこころぞ

庭すみにひと株の羊齒(しだ)が芽を吹きをり油ぎりたるその芽を愛す

鹽をふられ縮かみ死ねるなめくぢを羊齒のねもとに埋（うづ）みおきやる

明暗

パラソルを傾けしとき碧ぞらを雲ながれをればふとほほゑみぬ

生れ月日を聞かれることのはづかしくひとのをらない野山に遊ぶ

弛（ゆる）みきつたわれのこころのすべなさに不足な顏して街あるきゐる

薔薇ばなを降り散らしつつ近より來るあかるい少女の顏をおそれる

物欲しさうに室のうちらを見まはしてまたあきらめの自分にかへる

何んのわれにかかはりあらぬことながら太陽の黑點が頭（あまま）に來（き）てる

つかれゐるわれの頭のなかに映り太陽のかげかたちのみちの黒さ

暗いかげがわれのからだをおほひゐてまう分裂もしなくなつてる

夜なかごろ壁にもたれて立つてゐる何んといふこの靜かな世間

眞夜なかにがばと起きたわれはきちがひで罅(ひび)入るほどに鏡見てゐる

こんなに世間がしづまつた眞夜なかにわれひとり鏡に顏うつし見る

背後(うしろ)からおほきなる手がのびてくるまつ暗になつて壁につかまる

夜の帽をかぶつて寢てる頭のなか人間光景のくらい場面がうかぶ

壁にかけし鏡ひとつに埃(ほこり)づく室のこころの落ちゐるらしき

深夜の散歩

ふらふらと夜なかの街に出でて來て晝歩いた道をあゆみつづくる
夜更けの街頭に立つてここにつながる無數の道をたぐり寄せてる
何んでかう深夜(しんや)の街はきれいかと電車十字路に立つて見てゐる
月の夜の野みちにたつて鏡出ししろじろとつづく路うつし見る
鏡にうつらして見たる月の夜の野みちはしろく青くつながる
わがおもふ彼(かれ)の家までのなが道をたぐり寄(よ)せては眼をつむりゐる
この道のゆきつくはてまで行つて見ろ花呉れる家でもあるかも知れぬ

この街をかう行つてあすこでかう曲(まが)りああ行けばあすこに本屋がある

平凡な散歩より今宵もかへりきて何かの蓄積におどろいて坐る

いつしかに決(き)まつてしまつた散歩道ここに住むかぎりそを辿るならむ

一生の散歩みちをカントは決(き)めてゐたわれは無茶苦茶夜晝(よるひる)かはる

留守の薔薇

五月の野からかへりてわれ留守のわが家を見てるまつたく留守なり

留守にして薔薇などつくる春の日はどこに喧嘩のあるかも知らぬ

どんなにかわがたのしくてゐるときも大好きな薔薇ばらの香がする

疲れゐるわれの裸體にふれふれの室（へや）の薔薇ばなじつに青くある

暮れてさてわが家のうちにねむるゆゑそこの草原明日まで知らぬ

夜となつてわが眠ることのたのしさは野にある草もにほひをおくる

薔薇の花をテエブルの上に活けておき三日ばかりを留守にするつもり

わが留守の室のなかにて薔薇よくづれよしかも夜は燈（ひ）に強く照りをれ

噴水

體力のおとろへきつてる晝ごろは日本（にほん）の植物がみな厭（いや）になる

體力が日日（ひび）におとろへて行くなれば夏はいよいよわが身にたのし

體力のおとろへはててる晝ごろは噴水の音がとほく聞こえる

遠いところでわれを褒(ほ)めてる美しいけものらがあり晝寢をさせる

遠い空に飛行船の墮(お)ちてる眞晝ころ公園の噴水がねむい音なり

ベンチからをんなが立つて行つたので今は噴水のおとが聞こえる

闘(たたか)ひはいつでもやるぞといふ時は水がおいしく食べられるなり

すみやかに伸びくる樹木のかげを見てゆふぐれは我も人間らしき

灰皿がわれてゐたからまう今日も西日がばあんと窓かけに照る

森に來れど樹樹(きぎ)みなあらくふとぶとし我の双手(もろて)には抱きかぬるかな

六月のある日のあさの嵐(あらし)なりレモンをしぼれば露あをく垂る

夜から開く

うつくしく店は夜(よる)からひらくからひとり出て來て花などを買ふ

貧血をしてゐるとそこらいつぱいに月見草が黄に咲いてゐしなり

ふつふつと湧く水のなかに顔ひたし爬虫類はゐぬかゐぬかと嘆く

ぞろぞろと夜會服が行く夕べごろああ何んて我のたのしくもなき

かうしてロマンスボックスに眼をつむり樂(たの)しくもない春の夜を更かす

ドオアーのむかふは鏡の室なれば香水噴霧器のすがしい音がす

われわれは互(たがひ)に魂(たましひ)を持つてゐて好きな音樂をたのしんでゐる
ゆるやかなメロデイのながれ眼をつむりテエブルの花を無心にむしる

白の植物

カンガルの大好きな少女が今日も來てカンガルは如何如何(いかがいかが)かと聞く
ヒヤシンスの蕾もつ鉢をゆすぶつてはやく春になれはや春になれ
遠い空が何んといふ白い午後なればヒヤシンスの鉢を窓に持ち出す
ヒヤシンスの鉢をかかへてざんぶりと湯に飛び込んだ春の夢なり
あたたかい日ざしを浴びて見てをれば何んといふ重い春の植物

植物の感じがひじやうに白いから何もおもはずに眠らうとする

野の上の樹木（じゆもく）のしげみにのぼり行き春の日をねるねむらせてくれ

我我もまた女性（をんな）からうまれたりされどもつひに屈辱でなし

君はまうカンガルなんぞを見て遊ぶ年齢（とし）でもないよと言ひ聞かせゐる

棕梠（しゆろ）のかげで少女が蝶蝶（てふてふ）をつまむからわれの頭（あたま）が何んてのぼせる

壁面にかけられてある世界地圖の青き海の上に蝶とまりゐる

假說の生死

草花のにほひみちゐる室（へや）なればすこし華（はな）やかな死をおもひたり

くさ花の香(か)を室内(しつない)につよくして死ぬつもりなれば窓等(まどら)とざせり

今はまう妖花アラウネのさびしさが白薔薇となりて我にこもれり

白の薔薇に香水のしづくを垂(た)らしゐて今は安つぽき死をばねがへり

もも色の草花ら咲く五月なればいよいよたのしくなりて死ぬべし

五月から我ひとり消えて行くなれば魚もさびしみて白くなるべし

いよいよに身體(からだ)うつくしく白くなり五月の終(をは)りまで生きてをりたし

うつくしき五月となりてをんならの體臭はわれを儚ながらせる

何んの意義もなき人生がたのしくて草花の鉢をえりこのみする

春なればわれ海の族（ぞく）を食べあらし聾（つんぼ）になりて生きてをるべし

野も山もただ青くありし人間の歴史の最初（さいしょ）にわれ會（あ）はざりき

草花類

一隅（いちぐう）に薔薇（ばら）花瓶（くわびん）鏡（かがみ）らのよりあひてかもすあかりの華（はな）やかにさびし

あのひとに贈（おく）るべく買ひし薔薇なれどそのままわれに愛されてあり

ふつかほどわれに見られし草花は今日から君の室（へや）に置かるる

うつくしき鏡のなかに息もせず住みをるならばいかにたのしき

青年期の反抗もすこしうすらぎて春をしきりに眠らされゐる

あまりにも眞面目すぎたる生きかたはわが死期（しき）を少し早めたるらし

誰（たれ）も室（へや）にをらねばひよつと腹切りの眞似して見しがさびしきなり

ひとり室に不動の姿勢をとりたるが少しおどけてありしが如し

この虫も永遠とかいふところまで行つちまひたさうに這ひ急ぎをる

今の世にチャツプリンといふ男ゐてわれをこよなく喜ばすなり

誰もほめて呉れさうになき自殺なんて無論決してするつもりなき

眞夜なかにふと身じろげばしづみゐし室の草花がほのに匂（にほ）へり

このあした春はじめての霧を吸ひやはらかな思ひとなりて歩けり

われのこの安暮（やすく）らしぶりにとけ合ひて香水が朝から室に匂へり

縁側の日向に出でて足の裏を陽に干してあれば死ぬ思ひせり

ひとり室に草花を愛してゐることのつまらなくなりて寝てしまひたり

冷（ひや）やかな空氣たまりゐる室の隅に白の草花の鉢ひとつ置けり

十日ばかり留守にせし室にそこばくの野の草花の香（か）がこもりをり

野べに咲く五月の花の黄いろきが好ましからねば家より出でず

わが眼（まなこ）あきらに澄みてゐるならし青葉のかげの霧を見つむる

草木の牧歌

青い空氣をいつぱい吐いてる草むらにわれは裸體で飛び込んで行く

街からは非常にとほい野のなかの草むらでいま裸體とぞなる

僕はひとりかうして裸體で眠るからまはりの草木よもつと日に照れ

街の奴等はいまは汗かくさかりだが僕はかうやつて草木に愛され

これまでも草木にきらはれた覺えなくいまは草木と共に息する

野の草がみな目玉もちて見るゆゑにとても獨で此處にをられぬ

草と草のあひだをわけていづこにか今まで行きぬ草にねてゐる

草の目玉の碧く澄みくるゆふぐれにわれは草から起きて街を見る

夕暮となる風のうちにうち倒れえもいはれなくてまた歩き出す

嵐する野の草なかにねむるときわが重（おも）たさを知らぬことなし

夕暮の野はいま實に青ければ何が來るかと見てゐたるなり

戰争と夢

戰争のたのしみはわれらの知らぬこと春のまひるを眠りつづける

きたならしい人間のすることに飽きはてて春の植物を引き裂（さ）いてやる

人間のたのしみの分らぬ貴様らは野の炎天にさらされてをれ

戰争の眞似をしてゐるきのどくな兵隊のむれを草から見てゐる

足もとの菫（すみれ）を摘まうとかがむとき春の日にわれは頸をねぢらる

過去の章

闘争

何んといふひろいくさはらこの原になぜまつすぐの道つけないか

草はらに分け入つてみたが自らをなだめる卑怯さに堪へきれずなる

草なかに死にものぐるひで闘（たたか）ひゐる生きものにわれを見せず過ぎ去る

草なかに腹をかへして日に温（ぬく）む生きもののあはれは見ずに過ぎさる

わが前にあらはるるおなじ貌（かほ）なればむごたらしくも歪（ゆが）めてかへす

なまなまとみにくい相(すがた)がはなれねば堪へきれなくて草にたふれる

へとへとに闘(たたか)ひつかれたおしまひはたがひのにほひに現(うつつ)なくなる

日のもとに死にのたれゐるあふむけのわが腹のうへに草おほひくれ

なま殺しにされてるいのちは日の下(もと)にそのただれたるにほひをながす

たとへ半殺(はんごろ)しのうめきにあはうともなまじろいその腹は見せるな

草はらにをんながころされてゐたといふこの現實にどぎまぎとする

白痴

わが寝てる二階のま下は井戸なれば落ちはせぬかと夜夜(よよ)におそれる

下に向く夜更けのこころはあの暗い井戸の底までかんがへたどる
水飲みに夜なか井戸端に來たわれがそのままいつまで井戸覗きゐる
この家の井戸の底からはわが寢てる二階が何んてとほい氣がする
わけの分らぬ想ひがいつぱい湧いて來てしまひに自分をぶん毆りたる
口あいて寢るとはどうしてもおもはずに自分のねざまを考へて寢る
ほんたうの自分はいつたい何人かなと考へつめてはわからなくなる
からからと深夜にわれは笑ひたりたしかにこれはまだ生きてゐる
あの寺の井戸をのぞいてみたくなりしやにむに夜更けの家を飛び出す

夜なかごろ街頭のポストに立ち寄つて世間の祕密にひよつとおびえる

ひじやうなる白痴の僕は自轉車屋にかうもり傘を修繕にやる

退屈

生きものでも見てをれば心が和(なだ)むかと今日はとなりの猫借りて來る

虐待をしてやりたくて居るときにとなりの猫の頸(くび)しめてをる

猫ばかりめそめそとした生きものはまたとあるかと蹴りとばしたる

嫌はれて蹴られたとも知らぬ猫の子の泣いてかへるよこれまたあはれ

猫なんか飼ふひとの氣が知れなくて猫飼ふともをいたく憎(にく)める

山の愛

雲は流るわれはつかまへる夏とんぼその光る碧き目を見むがため

七月の炎天をあゆむかげろふのなかまつさをにゆらぐ顔を見る

一滴（いつてき）の露を見むとしてまつぴるまわれは夏草の野をかけめぐる

はろばろと虚しい魂（たま）をはこび來た野の一樹（いちじゆ）かげくろい蝶のむれ

一傘（いつさん）の樹陰（じゆいん）にわがねるまつぴるま野の蝶群れて寄（く）しき夢を舞ふ

かぎりなき野の炎天のいくむなしさ路傍（ろばう）に伏して草を嚙みきる

山上（さんじやう）の湖面（こめん）を見むとて山にのぼりしづかにあをき湖面を見てゐぬ

ゆふぐれとなるみちばたの草むらなか淡黄（たんこう）の小蝶いましもねむる

うしほなしよろこび心に充（み）ちきたるこの一瞬に死なむとぞおもふ

電燈のひかりは室を平面（へいめん）にかへてしまひぬわれ立ちあがる

壁面（へきめん）にこよひてのひらをうつしみていのち弱れるわがかげを知る

ながい旅をともにしてきた壁の繪にいまはさいごの燈（ひ）をささげやる

部のあついダンテルで窓をしめきつて死んでやらうと蠟燭ともす

合はせては掌（て）のなかに生（うま）るわがこころこれを遠べの草木におくる

草よ木よみな生きてゐて苦しみのあはれなるわれを伸びらしてくれ

山の夜のしらじら明けに眼ざめゐてわがすでに聞く草みづの流れ

かの道が行きついてゐたあたりの雜草が今宵のわれに影置いて來る

うす白い影を曳いてわが歩むらむどこやらの道がこころにぞ映(うつ)る

どうせ二人は別れねばならずと薔薇ばなの根もとに蝶を生き埋めにす

蝶や蜂を生き埋めにしてむごたらし心で見てゐる七月の眞晝なり

光に就いて

この家にまういつからか坐つてゐる頭(あたま)にはひろい空を感じつつ

日傘のまつくろなかげを見つめてはわすれたやうに道に佇(た)ちゐる

百の陽（ひ）でかざられた世界の饗宴に黄な日傘さしてわれは出掛ける

からからと青空のもとに笑ひたるわがこゑにいまおどろかされる

あを空にぶつかつてみたいわれなれど何んといふこの屋根の重たさ

かうやつてうごめいてをれば石にでもぶつかつてきつと眼（め）が開くべし

床（ゆか）したの暗さは大地がかもすもの日日にわが身のふかまり落つる

どうしてものがれきれないわれか知ら今日も棟木（むなぎ）をおもたく感じる

胸（むな）べまで大地の暗さがのびて來ていまこそわれは泣くに泣かれぬ

うまれ出た嬰兒（あかご）のやうに明るさをおそるるわれは掌（て）もひらかれず

あを空に突きこんでゐる筈の頭だがまだ何んのかげも閃（ひらめ）いて來（こ）ぬ

壁のなかにすでにわが兒（こ）が宿りゐて夜な夜なわれにこゑ呼びかける

こつこつと壁たたくとき壁のなかよりこたへるこゑはわが聲なりき

土の暗さで出來上つた我だと思ふときああ今日の空の落つこつてくれ

遠い空にいまうすあをい窓があきわがまだ知らぬわが兒（こ）が顏出す

おそろしい響きを立てて雲はいまかげ落とし來るわれは石となれ

眞夜なかの鏡にうつる明りありとほい暴風雨（あらし）のいかにしづけき

いくまんの鼠族（そぞく）が深夜（しんや）の街上をいまうつるなりあの音を聞け

ももいろの微笑が遠くよりなげられるかかる幸福にわれはうつぶす

突き抜けやう突き抜けやうとするわが頭（あたま）いま帽をとつて青天に在り

この窓からすぐにひろがる野の空のはてなき青さをはてしなく見る

遠くよりすねて來る人の心持すねねばならぬ春を見おくる

めぐみある地上の光に背を向けて生きねばならぬ苦しさにをり

樹木の憎惡

われわれの帝都はたのしごうたうの諸君よ萬とわき出でてくれ

ごうたうや娼婦ばかりのこのまちに樹木などのあるは憎（にく）さも憎し

往きて住み往きて死ぬべきは街のなか草木なき地獄のどたんばと知れ
俗人のたえて知るなきごうたうのその怪樂こそわれ愛すべし
少年のかれが娼家にあそぶともそのおこなひよたたへられてあれ
階段のうらかはの下のテエブルにゆううつのかぎりのこの夜を眠れ
酔ひしれて酒場のなかにねむりゐる地獄どもらに夜の明けずあれ
いますぐに君はこの街に放火せよその焔の何んとうつくしからむ
頭垂れてあるきゐる牛や馬なればうしろの景色は逆さまならむ
逆さまにつるされた春の樹木らのいかに美しくわれを死なする

われらして歩き行く道の石ひとつこの石もつひに野の石ならむ

人間

夜の街でなんの見知らぬ酔ひどれを介抱してゐる我にはわからぬ

寸分もわれとかはらぬ人間がこの世にをらばわれいかにせむ

僕とかれとは何んと親しくありながら互に知らぬかなしさを知る

夜の街でいつか介抱をされてゐたあのゑひどれは我かも知れぬ

からからとかれは深夜(しんや)にわらひたりかれは愛すべき詩人なり

夢から覺めてみたときまつさをな窓ガラス破れてこなみぢんなる

つひにかれも神と握手をしながらも見たまへいかに酔ひつぶれゐる

あをぞらを流るる雲のひとひらもつひに机にのせられて見る

地下室の魚

うつむいてあるいてゐると笑ふなよ花束(はなたば)のひとつも落ちてはをらぬ

地下室で魚(うを)のおよぐを見てるなどおもへばあまり仕合はせからぬ

すはだかの人間どもがあそびをるあの世をみたか見に連れてやる

つらつらと考へてみれば美くしいにんげんどもは恥さらしなり

脂肪(しぼう)ばかりの人間どものばちあたりたまらなくなつて我は飛び出す

あさましい心はいくらきざさうとそのやうに指を噛(か)んでくれるな

四(よ)つ這(ば)ひといふことを今ひよつと聞きたまらなく我のなみだを流(なが)す

人間のまごころなんてそのへんの魚(うを)のあたまにもあたらぬらしき

廻轉ドアの向ふがはにゐるをとめごの夢は美くしく黄にかはるなり

出來るならわれも拍子木(へうしぎ)をうちたたき夜なかの街を廻りたくあり

もはや夜もいたくふけたる公園に廻遊木馬(メリーゴランド)をさがして行けり

蹠

窓の無いいんきな室で僕はいま自分の足のうらかへし見る

生(なま)じろいわが足のうらを見てゐるとあの蛇のやうに意地悪くなる

陰性なあの蛇はきつと人間のあしのうらのやうに冷(つめ)たきならむ

壁にゐる蛇に足のうらを見られたりこのこころもちは死ぬ思ひする

窓の無いいんきな室にあきはてて四壁(しへき)の裾を這ひまはるなり

雨のふるいんきな日なり壁にあるにんげんの指紋のいかにかなしき

なまじろいわが足のうらを日にほしてあたためてゐる雨あがりなり

しとしとと梅雨(つゆ)の雨降るころなれば脱皮する蛇もかなしかるらむ

羞明

この日なかあの暗がりで妙な畫がぱつぱと映つてるかと變に氣になる
畫ひなか映畫館をくぐる不思議にもこしらへられた暗さに心惹かされ
せつぱつまつてどうにもならぬ畫ごろは映畫でも見ろと見に行くあはれ
世紀末的喜劇を愛するひとたちをわらへなくなつてわれも見てをる
映畫はねて突き出された街のあかるさにひたと身にくる羞明がある

善良なる友情

生きることが無駄なら死ぬることだつて無駄になるのだ夜具敷いてゐる

何んでこんな心持になつて來るのかとはづかしくつて顏をおさへる
横腹をぐさりと刺してやつたならあいつはどんな顏するならむ
そのやうに皮肉すぎてはこまるから黃いろい日傘をさして街行け
街をゆくひとを引き倒してみたくなる美くしい心だ大事にしとけ
うすぐろい自分の噂にしびれたるお嬢さんもあつてと友の手紙來る
うすぐろい噂をそこらにまいて來てさもたのしげに歌うたふのか
周圍からあはれがられてゐるなんてそんな耻辱は死んであやまれ
なるほど春はのどかでございますねと言ひつつ袂の屑吹いてゐる

親切を言はれてはすぐほろりとなるかかる氣持はいま野に捨てる
妻めとれきつと世間がしづまつて見えてくるぞと友の手紙にある

吸殻を拾ふ

わが力にはつと眼ざめて立ちあがるまうぐるりからの敵を感じる
われわれの周圍になんのかかはりもない遠方(ゐんぱう)に今日も人が死んでる
みどりに塗られた地圖を見てゐても炭坑のしるしはすぐ胸に來る
封筒を貼らうとして舌きづつけたこのこころもちは死ぬおもひする
近所からをんなの子たちを呼びよせておはぢき遊びに笑ひころげる

世間もなにも信じられなくなりきつてさびしい野山の歌うたひゐる

如才なくされてゐることは嬉しいがそれだけにまた寂しくもある

たはやすくひとに涙は見せまいと何事もひとりに堪へ來つるなれ

行く先はどのやうになるかは知らないが再びこんな夢はつくるな

人はみな過ぎゆく知らぬ顔で行くのたれ死にのわれは蛇にもなれぬ

大勢がにぎやかに行つたそのあとにせつせと自分が泥こねてゐる

見たことのない澤山のひとに見られゐるわれは頭を垂れてはならぬ

行李の底にかれののこしし書(ふみ)がありこころおそれて讀みがたきなり

バットの殻に歌かきつけてゐるわれのいまのこころはさびしきなり

屈辱の新聞記事に眼をおとしわれらはなみだをふいてかたれる

薔薇ばなに顏をうづめて泣いてゐしむかしのわれがさびしがられる

ほのぐらく壁にのびゐる苔(こけ)見をりここにかうしてわがそだちたり

おたがひに異つた思想に歪んではむかしの友から目(め)がたきにさる

いまの世に地球を掘るといふことば何んとかなしきその言葉なる

闇のなかに默默(もくもく)とあるいくほんの樹木のちからは限りなしに來る

生きてゐる樹樹(きぎ)のちからを感じては暗夜(あんや)のなかにまたうなだれる

路のうへに落ちてありたる吸殻をひそかにひろひ火をつけしなり

たれが捨てし吸殻とては知らねども拾ひて吸へばさびしく薫れり

過去の章

この道は自分のみちだと決めてたがいつか群衆に荒らされゐたる

ひとの顔に泥なげうつて君たちはかくれた世界でなにをするのか

腐りはてた汝のはらわたつかみ出し汝の顔にぬたくるべきなり

君たちの過ぎとほり行くみちは何處(どこ)われはここにゐる確にゐる

なにもかも運命だとしてあきらめたをとめであつたぞ日本(にほん)のをとめ

ごまかしのちつとも利かない性分は損ばかりして腹(はら)たててゐる

われときにすてきな想像をすることありその想像のいかに痛ましき

うづだかく過去の日記帳をつみかさね魂(たま)ひえきつてうちすわる

わが魂(たま)を釘づけしといて遠く去りかれの名がいま世にうたはれる

なにも知らぬそぶりでゐながらをりをり魂を刺す言葉をくれる

あるべきところにちやんとある家具は動かしがたくなつて見つめる

忘却せよ

砂濱にいつか捨てて來たぼろ靴をいま兩眼鏡(めがね)あてて見出ださうとする

砂濱にくさつた馬尻(ばけつ)を蹴とばしたそれからの記憶は夢のやうなる

いまになり恐れてにぐるか逃げぎはのその一言(ひとこと)が何んてやさしき

はらわたをゑぐりとられて死んでをるわが體臭(たいしう)は知るものよ知れ

はらわたを握りとられて今はもう何んとでもしろと爲(な)されるがまま

君につね怖(おび)えきつてるわが影を齒がゆしとおもはば踏みにじりくれ

君のその胸まで暗くのびてをるわが影を見よ見ぬとは言はさぬ

深夜(しんや)ふと目覺めてみたる鏡の底にまつさをな蛇が身をうねりをる

かまくびをぐつともたげて我をにらむ深夜(しんや)の蛇よはや逃げてくれ

砂濱に目も鼻もないにんげんがいつごろからか捨てられてあり
砂濱の日ざかりをいま海虫（うみむし）がくろぐろと這ふわれはわすれる

『白鳳』抄

億萬

野にかへり野に爬蟲類をやしなふはつひに復讐にそなへむがため

いきものの人ひとりゐぬ野の上の空の青さよとことはにあれ

野にありて田畑打つともわれいまだ蜥蜴にはならず生命（いのち）いきゐる

青い空にたくさんの巣をつくりゐる鴉らよわれは野のなかに死ぬ

青空を舐めてわれを神にする術（すべ）もあれよと野の上にいのる

母のまへに頸（くび）うなだれて永遠（とことは）のなげきごとを言ふたすかりはせぬ

ほとぼりのすでにさめたる地（ち）に坐りわが額（ぬか）をおもふ慰めなし

百年の夢をむさぼる野良の身はつひに植物のましろさとなれ

植物はいよいよ白くなりはててもはや百年野にひとを見ず

野にかへり春億萬の花のなかに探(さが)したづぬるわが母はなし

億萬の春のはなばな食べつくし死にたる奴はわれかも知れぬ

野

野のはての樹(き)に縛(しば)られた千年(せんねん)のうらみはいまにきつと報(むく)いる

生きものの一つをらない青空に今日しも神となりて葬(はふ)らる

今宵またかすかなれども 營(いとなみ) の火を點(てん)じては掌(て)をさし合はす

秋晴

日曜は自轉車乗りとわれなりて秋晴の野にもう見えずなる

野話記（一）

誰だつて白い道のうへを歩きゐて然も萬年うたがひをせず

野のはてにわれは迷子（まひご）となりてゐる鳥よ空から舞ひおりよかし

不可解な言葉を壁にかかげつつつひにわれまた不可解に死ぬ

野に歸り野にむちやくちやに働きて今は肋骨の數さへ知らず

道の上にわれ膝（ひざ）まづきて祈るのではや獸（けもの）らは遠き野にゐる

父母（ふぼ）の國を信ずるばかり故郷（ふるさと）の秋風しろき石にすがりつく

野話記（二）

何ひとつ肯（うな）づけぬ世に生きてゐて夜（よ）になると眠るまたなく優（やさ）し

草ばかりさやぐ野なかに母を呼ぶ母よこの野は涯（はて）しなく遠き

あの山を越えるとひとは誰も誰もわれを忘るる遠い山なり

われに敵（かな）はぬ人間どもが野か山か街かどこかに五百ほどゐる

中空に旗なびく日も遠き野に眠りこけゐてひとにまじらぬ

われひとり鋭い星らに取りまかれ夜中の野良にもうぺしやんこなり

野のうへに花のやうな家を建てて住むあれはむかしの我の母なり

彼らには白痴のやうに見えるからわれ山越えて行くこともある

地上にはぺんぺん草があるばかりとても死場所はこのへんになし

懶惰(らんだ)なるわれの生活(くらし)はわれ知るも汝(なんぢ)ごときに責められてならず

うつくしき秋晴の日に樹(き)から落ち白痴となりしわが夢おもへ

人間のうわさなんかに耳かさず野にありしころは仕合はせなりき

三寒四温

眞夜なかにしばしば我がゐなくなり窓の外なる星とあそびき

冬日夢

いよいよに身體（からだ）が白く透（す）きとほりあでやかな空の鳥らを映（うつ）す

春

いちまいの魚を透（す）かして見る海は青いだけなる春のまさかり

恢復期

その一

今はもう春であるからシネマさへ白いすももの咲く野を寫（うつ）し

どこを見てもどこを眺めてもまつ白い景色なりもはや絶望となる

何んといふ遠い景色を眺めゐるああ何も見えぬ何んにも見えぬ

誕生日

うまれた日は野も山もふかい霞にて母のすがたが見られなかつた
ふかいふかい霞のなかにのびあがり何んにも見えない景色見てゐた
どこもかしこも深い霞のなかなるをおぼろに母もかすみはじめた
うなだれた花花のそばを歸るとき三千世界にただわれひとり
園丁が噴水のねぢをまはすとき朝はしづかな公園となる
をんならが日傘をまはすよくまはすくるくるとまはす面白さうな

海のなかへ命（いのち）投げたがどうしても頭が浮くのでわらひはじめた

山山にかこまれた狭い空のもとに生みおとされてあがきはじめた

殘燭

日のやうに光のやうに水のやうに流れのやうに明日（あす）の日のやうに

月日

はるかなる奈落の底におちゆくとき草木（くさき）は空に影ひいてゐき

空ゆきつつ何がかなしと叫ぶとも地（つち）はるかにぞ落ちゆく涙

河

父や母はむかしその子に朝と夜の挨拶をさせてゐたことかなし

野の涯

こはれかけた古椅子を藏(くら)から出して來て思ひ出のやうにまた坐りをり

歴史

砂庭の夕日におりて爪(つめ)きればすでにほろべる爬蟲類のこゑ

あの日われ野の涯の家に退(しぞ)きたり退(しぞ)かざりせば殺されしならむ

億萬の夢ありやなしよ地のうへにたつた獨(ひとり)ぞといつか思へる

春鳥

國のまはりは荒浪の海と思ふとき果てしなくとほき春鳥のこゑ

冬の歌

脚をきり手をきり頸（くび）きり胴のまま限りなし暗き冬に墜（お）ちゆく

冬の庭に汲（く）むこともなき井戸澄めりわれにわらひの過ぎし思ほゆ

夕焼はさむざむ岩ににじみをりくりぬかれたるわが眼のなみだ

夏のメモ

どことなく網や針金が光るなりひと一人をらぬ午後の草はら

朝夕

穴のなかよりうかがふ四方（よも）は櫻ばな低く野山に咲きて靜けし

神神

山の上に雅（みやび）なる鹿の死ねるより野になげきありてわれも泣きゐる

棒ふつて藪椿の花を落としゐるまつたく神はどこにもをらぬ

黄炎

いらいらと燐寸（マッチ）擦りゐる眞晝なりもう黄な街は氣が狂ひ出す

五月六月

若葉して世はどことなくたのしきに皆飛びおりよ飛びおりよかし

道

道道（みちみち）に寶石の眼（め）がかくれゐて朝ゆふにわれの足きよくせり

黄菊

今日もまた朝となり雨戸を開けてゐるやりきれないやりきれないやりきれない

『大和』(完本)

昭和十一年

修羅

ゆく秋のわが身せつなく儚(はかな)くて樹(き)に登りゆさゆさ紅葉(こうえふ)散らす

飢ゑきつた身を脊延びして切(せち)に希(ねが)へど眺めやる野は低くつづけり

喬木の上にゐるのは野がらすか白痴のわれか霜降れば鳴けり

燈(ひ)の下(もと)がどたどたとして奥の間(ま)は夜(よる)も菊花(きくくわ)のうたげがさかり

門先を掃き清めゐるわれなりき松の木にあるは父の姿ならむ

忠孝の訓(をし)へにいまも叛(そむ)かねば峡谷の紅葉(もみぢ)はなやかに邃(ふか)し

父の名も母の名もわすれみな忘れ不敵なる石の花とひらけり

たつた一人の母狂はせし夕ぐれをきらきら光る山から飛べり

佛らはいづくにありやわがいのち燃え盡(つ)くるとき鳥も飛ぶべし

のろくさく陽のながながと照る道に老いくたばるはいつのことならむ

一枚の羊齒(しだ)の葉のごとくやすく燃え匂(にほひ)なく形なく生命(いのち)終らむ

脊戸のべに夜(よ)は火をともす土塊(つちくれ)の思ひ出はわれを貧しくするのみ

思ひ出は孔雀の羽(はね)とうちひらき飽くなき貪婪(たんらん)の島にかへらむ

デパートの入口に立ちぬ天國へかよふをとめ子と屑買のわれ

どたどたと雲より落ちしあれは樹(き)ぞ今朝はみどりの春になりゐる

さんさんと日の照るなかに忍(しの)び込み姿見えざる息づき聞こゆ

青空か小鳥か母かおもかげか立ちても坐(ゐ)ても舞ひくるふなり

鬼

雪蹴つてほうほう飛び去る白鬼か青鬼か餓鬼(がき)か餓鬼なら逃すな

窓を破つていきなり鬼だいや雪ださあわからないわしは分らない

母

冬山の岩山に懸(か)かる瀧(たき)つ瀬(せ)を年老いてのぞみ目瞼(まぶた)はふかき

夜となれば水凍る谷の風もやみひひらぎのやうなわが母のこゑ

春三日

蛇や蛙をたたき殺して快をさけべば單に狂人と見る他なからむ
どしやぶりの雨ふり室のなまぬくく憎み合ふ眼は劍のごとく燃ゆ
春の日なかに門しめてこもり犬と遊べど畜生われを仲間と思ふな

薔薇

豚や家鴨を追ひて暮らせど野のするに墻あり墻の薔薇咲きて春
青空に消えも失せたく涙こぼせば樹から落ちよと樹をかけのぼる

目高すくひに泣きつつ遊ぶふるさとは子が大勢であやまちもない

日に幾たび決意しなほしたよりなし若葉なびけばまた死ねずなる

我樂多のやくざな巷(まち)よと思ひつつうなだれて歸る日の暮れもあり

野の涯(はて)の薔薇垣のぞみ飛び超えて荒荒しき生命(いのち)また歌ひ出す

火

夕ぐれの野をかへる馬の背後(うしろ)見て祖先のやうなさびしさをしぬ

古き代(よ)のランプをともし物書けば森ふかく骨(こつ)の朽ちてゆくおと

眞夜中にわが祈るおもひはひとすぢの　闘(たたかひ)　の歌火のごとく燃ゆ

千萬年生きてゐしとて何ならむ雪こほる山の夜に飛ばむとす
衝きあたる壁もなく青い空もなくわれの怒の行き盡くるなし
闇がりに身をおしかくす生きもののすさまじき眼はひとゝき思へ
いらだたしく紙や書物をひき裂けばはやものかげに歎く聲あり

獨

北に傾く青じろき地に住みなれて今年も空ゆくわたり鳥見ぬ
山の上のまつ白い石にねむり覺めまだ信じ切れず獨なること
月きよき秋の夜なかを崖に立ち白鬼となつてほうほう飛べり

墓やまのこなた住まふひとびとの影のやうなる夕暮を見よ

星くづが輝(かが)やくのみなる眞夜中を音あらく河の海にながるる

堀割にネオンがうつり霙(みぞれ)する宵(よ)は華(はな)やかな思ひ切(せつ)なくしてゐぬ

くるくると梢に舞ひゐる一片(ひとひら)の黃葉(もみぢ)ぞあればたのしかりける

聢(しつか)りと頸(くび)を支(ささ)へてゐなくては又しても青空が見えぬことになる

遍照

山にのぼり切(せつ)なく思へばはるかにぞ遍照(へんぜう)の湖(うみ)青く死にて見ゆ

何故(なぜ)かかう變(へん)に明るい草のなかを靜かに行くぞ獨(ひと)り歩きなれ

しろじろと煙吐く山のぞみゐるわれの額(ぬか)の皺ふかく思ほゆ

青い火は夜晝(よるひる)なしに燃ゆれどもわが身にあればうち消しがたく

いつしかに山高く白くなりにつつ老いたるものの秀(ほ)はとがりたり

途上

今は世界が狂ひゐるなれ然れども春來(く)れば野川の魚も食(た)うぶる

曇天の日ばかりつづきうす紅(あか)う花も咲ければはだかとなり出す

眞晝間のねむり覺めきらず歩み來てまた若葉山に夢見つづける

青い雲流るれば飛行もかなしきに常に中空にて腹立ててゐぬ

思ひのこした空は青青渦巻けどわれは石ころふたたび飛べぬ

日の暮れは青黒い森につれ込まれ祖先の慈悲か何か責（せ）めらる

崖

崖の裂目（さけめ）に壓（お）しつぶれ死ぬ夏の日の炎天の花は顫（ふる）へさせてみよ

泣きの眼に見すくめられて顫へをる野朝顔のはな我もまぶしく

おのれみづから眩（まぶ）しき思ひしてゐれば生命（いのち）は明（あか）き木のかげを飛べ

思ひやりただならざればすべすべの岩よぢ登り天がけり行け

夏も初めの空に行くわれを憎しめか樹も石もなべて飛び立つべし

何も見えない冬の景色は野のするゑの崖の裂目にわれを憩（いこ）はす

青空が頭上（づじやう）にうづ巻きしづまればはやく地獄の火のくるま燃ゆ

曲りくねつた青い故郷の長道を罰當（ばちあた）りわれは神を呼んで走る

北をさまよふ日となりてをり秒を刻（きざ）むわが手の時計が我を虐（さいな）む

芽

硝子瓶に黄な春の芽がうつるので何故（なぜ）か眞晝が巨大でたまらぬ

晝すぎは南方（なんぱう）の街のあをくなりわが家（いへ）の壁透（す）けて見えくる

春山に夜叉（やしや）のごとくにいきどほり眼（め）をかわかせてゐる我を思へ

憂鬱なわが襤褸買ひの眼(め)に見られ大木(たいぼく)はなべて黄な芽吹きゐる

春ひなか磚茶(うすちや)茶碗をとり出でてぼんやりと何んの夢もわすれぬ

街も道も黄な春の芽が吹き出すと今朝はわが家をたづねて歩く

喫嚙類のモルモットといふを飼ひゐしは九つの春か晝の夢に見き

泥のやうな嫩芽(わかめ)を吹いた大木(たいぼく)がわれの病氣をおもからしむる

はるかなる祖先を戀ひて泣き叫び岩破(わ)れば岩の血がにじみ出づ

梅雨抄

たまらなく睡氣(ねむけ)もよほす街(まち)に住みことごとくわれは人憎みける

どんな血を浴(あび)ればわれのなぐさむか狂ほしく若芽の杜(もり)歩きつつ

犬ころもどろどろの瞳(め)で見おくれば速(はや)く若葉の杜(もり)にくびれよ

がらくたの街にすまへばみづからを玉と思(も)はねば息づきもえぬ

石竹の花あかき庭に蹴りとばす張りあひもなく猫死ににけり

毒を呑んだ青の風景のなかなればむかしの洋燈(ランプ)とり出でて見る

六月の梅雨の豪雨に狂ほしくなき父の血がわれにたぎり出づ

若葉

ふてぶてしく女(をんな)のやうに寝てゐるか若葉はわれの周圍(ぐるり)になだれる

若葉林（わかばばやし）のなかに入りゆき身悶（みもだ）えの切なさは眞晝の日もなき如し

源

けだものの眞つ白い齒並（はなみ）見せて笑へど春はたけなは何も恥ぢるな

ぶらぶらとやくざ共（ども）らがのし歩くいつそ死ねたらと思ふ日もあらむ

タスカローラ海床の底に沈みゆく人間の命（いのち）といふもやりきれぬ

おそろしき毆（なぐ）りあひのあと涙ながしてきつい覺悟は歌うたひをり

めそめそと泣きごとを言へば寄り合ひて流されてゐる夜を限りなく

みなもとはどろどろの濁りよろこびも悲しみも承（う）けつぐ時に到らぬ

秋の森

白茶けた茸（きのこ）見てゐれば森のなかわけの分らぬ時間（とき）まなく經（た）つ

嚙みついて離れない奴に青くなる毒毒しい風景にのがれて行きぬ

脊筋（せなすぢ）の荒くなりし蛇が夏すぎて穴にかへり行く忘られはせぬ

生命懸（いのちがけ）の思ひなりしか根も花も何もない草木の透（す）きとほり來る

死ぬまへに秋の夕虹のぞみたり何の怪樂（けらく）かと恥ぢておもひぬ

森に來てくされ樹（ぎ）の株（かぶ）にへばりつく十年（じふねん）の餘（よ）のやくざとぞ認（し）れ

八月の炎天の下（もと）すたれもののわが影を追ひて啼くけものあり

禽獸

秋ちかづくこのごろ門(もん)のあたりにて眞晝はもつれる人の影あり

氣ちがひとわれは思(も)はねど正氣(しやうき)なくすでに水の如き秋むかへゐぬ

いづくにか山は爆發してゐれば今朝鳥の聲が泥まみれに聞こゆ

穴のなかへかくらふ命(いのち)かくらへず身をくねりをれば毒烈(はげ)しけれ

世にも愚(おろか)な夢見つづけし歳月(さいげつ)に挑(いど)みかかる思ひ忘られはせぬ

抱きあふか毆りあふより術(すべ)しなき荒(あら)くれない街も日の暮れとなる

畜生の這ひはしるすがた羨(うらや)んで殺氣(さつき)立ちたる秋がおもほゆ

四季

春といひ秋といふ季節ことほげばつかひはたしたる生命（いのち）おもほゆ

夜おきて家のまはりを歩きゐる人間といふはさびしくてならぬ

雨の日のまひるは愚（ぐ）なるもの思ひ古ぼけはてたる家に住みつつ

さはやかな朝の光にさとふれて身の破（やぶ）れ死ねる嗤はれはせぬ

わびしくて燈（ひ）もつけずゐる夕暮をもうどたどたと踏み込む音する

秋晴の野に紅葉（もみぢ）見てあそぶなればわれを誑（たぶら）かす神ほとけあれ

石屑

道の上に光る石くづガラスくづいつの日かどんな血を流すらむ

亂行（らんぎやう）は日夜（にちや）もわかずはげしけどまだ狂人（きちがひ）でなきなみだせり

最末（さいまつ）の日にみづからをくびるとも何がこの世の笑ひ草ならむ

愚劣さはたたき伏せたく怒れども乳出だす春のけだもの見をる

生きる爲にはかつても手足を動かさね救はれ難しと人言ふならむ

すさまじく焔（ひ）ぞみちわたる天なればあな美しとかけりあがれる

涙こそ清らにそそがれ死にゆける若き生命（いのち）にしばしかたむく

とやかくの錢金(ぜにかね)沙汰から身をばひき溫(あたた)かに春の夜を寢入(ねい)らしめ

われにしたがふ春の獸(けもの)らやさしげに雅(みやび)にあれば歷史のやうな

若き日の意氣地も何も消し飛んで四月の朝をじたばたとせり

錯亂の秋

家のまはりはサルビヤの花眞赤にてどんな惡事も寄りつきはせぬ

晝ひなか頭を壁に壓(お)しつけてうんうん唸(うな)り出すも何の所作ならむ

秋の眞晝のねむりより覺めぬ庭の上に白い茸がくるくる舞ひゐる

夜となればわががらくたの町さへも華やかに明(あか)し出步(であ)るけはせぬ

たのしみは若き日に亡(う)せ今はただ季節はづれの食氣(くひけ)よりもたぬ

あたたかに雨の降るなり巷(ちまた)ゆく人間の足のしろくもつるる

冬空は漏斗(じやうご)のやうに青く垂(た)れくる運(うん)もないわれの生活(くらし)かと思ふ

けだものの脚(あし)はいよいよ繊(ほそ)ければ日の暮のごとくわれは歎けり

昭和十二年

魚の骨

ゆふぐれか朝がたかわからぬ青じろき光のなかに物おもひ痩(や)す

冬の日は井戸のやうな底に明るくてがらくたの命(いのち)やや生きかへる

冬來れば列記(れつき)としたもの何もなく屋根のない街に眞日照るばかり

人間の片割とうまれ三十路(みそぢ)過ぎ來て何(なに)おどろきし青春もなし

冬の雨にうたるる魚の骨白しこの道のはて何があるならむ

めづらしく朝起(あさおき)すれど冬のなかばおちぶれはてて西東(にしひがし)なし

何を好んで身のおとろへを願ひしか苦しさよ畜生の叫びごゑあぐ

わが身の行方(ゆくへ)知りがたくさまよひゐて朧(おぼろ)にぞ見し日の暮の瀑布(たき)

歴史

荒るるにぞまかせをりにし獸性のよみがへり來る春を樂しむ

うすぐらき藏(くら)の中に來て靜かなり今日も歴史の書(ふみ)讀みかへす

石の上に腰をおろして燐寸(マッチ)擦(す)ればうす青の火の老(おい)のごとしも

己(おの)が身の在(あ)り處(ど)も分かぬ日暮どきまた歎き一歩二歩と歩き出す

ひえびえと畑の水仙青ければ怒りに燃ゆる身を投げかけぬ

獸園抄

春

風吹いて櫻花(あうくわ)のさつと散り亂るはやどうとでもわがなりくされ

四季雜詠

紅葉(こうえふ)はかぎり知られず散り來ればわがおもひ梢(うれ)のごとく繊(ほそ)しも

藍(あゐ)いろの襤褸着(ぼろぎ)まとひてあちこちと秋の日に名所見て歩きをる

深深(ふかぶか)とたたへられたる夜の底に黄菊の寒くまばたく思ひす

冬の夜をひとり起きゐて飯食(いひは)めば食器に見ゆる菊の花の寒き

霰降る日の暮れがたをかくろへば何者かわれに迫らむとする

クリストを乗せて行きけむ和(なご)やかな驢馬(ろば)なり驢馬について歩きぬ

白痴みたいに鱈腹食(たらふくく)ひてやすらへば今日のさんげの夕暮ぞ過ぐ

或る日われ道歩きゐれば 埃(ほこり)立ちがらがらと遠き街くづれたり

ぼろぼろと岩ぞくづるる崖に立ち百年(ひやくねん)の生(いき)は誰(た)がねがふらむ

あたたかき雨降りの日の晝寢なり愚(おろか)なる夢の花にかかはる

三軍を叱咤(しつた)する將のこゑ聞きぬ金雀枝(えにしだ)咲ける春のさかりも

光陰

そろばんの彈(はぢ)きやうもなき肉體(にくたい)が春のけものの乳飲みてをり

いまの世のうつたうしさは言はざれどわれ劣れりとつひに思はむ

冬ぞらは藍青(らんじやう)のひかり澄みゐればうつそ身の視力磨(みが)きあげらる

わが身に流るる祖先の血を思ふどこの國の言葉聞かさるるとも

元日の朝日ぞあがる今こそとひとつかみの鹽は撒(ま)きちらすべし

春

春曉

朝がたは西山(にしやま)の端(は)のうす黄(き)いろくうたがふがごと月落つるらむ

朝闇に啼くは鶯(うぐひす)しまししてこの世ともわかぬなみだながれき

ひんがしの山の尾(を)づたひ歩みゐし朝がたと思ふ夢やぶれたり

あかつきのまだ暗きなかを目覺めゐぬこの世の鳥は地(つち)の底に啼く

めざめては明日(あす)といふ日のなきごとく耳澄まし聞く曉(あかつき)がらす

遠き日の朝がたなりし菜の花の一面に咲けばわれも生(うま)れけむ

物言はず寝てゐる時ぞ静かなり花しきり散るはいつの代(よ)ならむ

朝霞濃(こ)きみどりいろの野を見れば判断しかぬる悲しみぞあり

春

春晝

そこらあたり沼地(ぬまち)の水の嵩(かさ)増せばいよいよ愚(ぐ)なる春ふけてをり

屋根に登りてわが町の櫻望みゐぬこころ呆(ほ)けてあれば美しきもの

家にゐても外に出でても落ちつかね一面に黄なる菜の花の明り

前川佐美雄歌集　琹

見える人は、見えない場所で

石川美南

前川佐美雄の歌集でどれが一番好きかと問われれば、やはり『大和』と答えざるをえない。ただし、それには条件がある。『植物祭』を経過した上での『大和』だ、と。
昭和五年刊の『植物祭』は、〈青年期の反抗〉のエネルギーに満ちた歌集である。

不快さうでひとと話(はなし)もせぬときのあのわが顔がみたくてならぬ
ごまかしのちつとも利かない性分は損ばかりして腹(はら)たててゐる
『植物祭』

日々、鬱然と過ごす都市生活者の捨て鉢な気分が、口語交じりの定型に馴染む。生き生きとした不機嫌ぶりが、なんだか嬉しい。

床(とこ)の間(ま)に祭られてあるわが首をうつつならねば泣いて見てゐし
ひじやうなる白痴の僕は自轉車屋にかうもり傘を修繕にやる

これらが絵画や詩におけるシュールレアリスムを摂取した先駆的な作であるということは多くの人の指摘する通りだが、現代の目で見ると、「うつつならねば」や「ひじやうなる白痴の」は、いささか説明過多に感じられる。ただし、それを単に若書きゆえと断じるのは避けたい。律儀に「うつつならねば」と断らずにはいられなかったところに、この人の気質が表れていると思うからである。前川佐美雄という人は、〈白痴〉の自由な境地に憧れを抱き、時には何かに憑かれたように物狂おしく歌いながらも、ついに一つの信念に溺れることのできない人だったのではないか。彼が通過していったプロレタリア短歌にせよ、後年の戦争詠にせよ、何かを一心に信じきるには、異なる立場がよく見えすぎ、また自らへの疑念を捨てきれないところがあった。こうした態度は、作品の抽象度の高さと相まってしばしば議論を呼び、批判に晒されることにもなったが、私はそのアンビバレントな佇まいと、それでいて〈ごまかしのちつとも利かない性分〉に、非常な魅力を感じるのである。

そして、昭和十五年刊の『大和』では、韻律に深い嘆息のような重みが加わる。

胸のうちいちど空(から)にしてあの青き水仙の葉をつめこみてみたし　『植物祭』

ひえびえと畑の水仙青ければ怒りに燃ゆる身を投げかけぬ　『大和』

『植物祭』では遠い憧れのように描かれていた水仙が、『大和』では身に近く、感情を直にぶつける存在になっている。年譜と照合すれば、作者を取り巻く環境の変化が歌にも影響を与えていると読むこともできるだろう。

紅葉（こうえふ）はかぎり知られず散り来ればわがおもひ梢（うれ）のごとく繊（ほそ）しも
野いばらの咲き匂ふ土のまがなしく生きものは皆そこを動くな

軽快な『植物祭』の後だと余計に、こうした張りつめた響きに息を呑んでしまう。『大和』には、「春霞で何も見えない」という場面が繰り返し歌われている。分厚い霞は比喩でなく、作者の巡りに本当に存在していたものなのだろう。

春がすみいよよ濃くなる眞晝間のなにも見えねば大和と思へ

「思へ」＝已然形が、まさに春霞のような余韻を残す。〈なにも見えねば〉という逆説によって、〈大和〉の茫漠たる時空間を端的に捉えた一首だ。よく見えすぎる佐美雄が、なにも見えない場所で辿り着いた境地。そこには、先行き不透明な時代の不安も、密かに抱き込まれていた。

野をゆく人の省察

菅原百合絵

一六一九年、冬。ドナウ河畔のとある街で思索に耽ける若者がいた。部屋に閉じこもった彼は、自らに知識の確実な基礎を与えようと、まずはすべてを疑うことから始める。感覚からもたらされるものは不確かだから、われわれが見たり感じたりしていることは何ひとつあてにならない。部屋着を着て、暖炉の傍で紙片に向き合っているという現実も夢の産物かもしれない。2たす3は5といった単純で基礎的な事柄は疑いえないように見えるが、しかしそれさえ確実ではない。神や悪霊がわたしを欺き、本当は真理でないことを真理だと思わせているかもしれないからだ——。

『植物祭』や『大和』といった前川佐美雄のモダニズムを代表する歌集は、どこかデカルトの方法的懐疑を思わせる。絶対確実な真理を探求するデカルトは、己をとりまく世界の自明性を一切否定する。自分を騙す悪霊の存在まで想定するその思考に、一抹の狂気を感じ取らずにいるのは難しい。しかし、それは理性を極限まで磨きあげるなかで必然的に生まれてくる狂気である。

なにゆゑに室（へや）は四角でならぬかときちがひのやうに室を見まはす　『植物祭』
ひじやうなる白痴の僕は自轉車屋にかうもり傘を修繕にやる

いずれも『植物祭』を代表する有名な歌だが、「きちがひ」や「白痴」という語は逆説的に彼の「正気」を証立てている。狂気のさなかにいる者は、己の思考が狂気に浸されていることに気づけないからである（『形而上学的省察』でデカルトが例に挙げる、自分を壺だと思いこむ狂者のように）。なぜ部屋は四角に区切られているのか、なぜ傘の修繕を自転車屋に頼んではならないのか。こうした問いは、シュールレアリスム的な遊戯性をたたえながらも、「正気」の世界の自明性を一度括弧に入れ、正気と狂気の境界線を撹乱することで世界の見方を更新しようとする、意志的で強靭な努力の産物だと言えよう。

一方、佐美雄を純粋な形而上学的省察から隔てるのは〈自然〉と〈風土〉である。彼の「われ」は普遍的な主体を僭称しない。大和という土地の重い伝統を背負って、そこに息づく動植物や人々の営みを詠うことは、晩年まで彼の作品世界の核心だった。

何故（なぜ）かかう變（へん）に明るい草のなかを靜かに行くぞ獨（ひと）り歩きなれ　『大和』

ゆふ風に萩むらの萩咲き出せばわがたましひの通りみち見ゆ
あかあかと紅葉(もみぢ)を焚きぬいにしへは三千の威儀おこなはれけむ　『天平雲』

ひとり野をゆき、萩の群れ咲くなかに自らの「たましひ」を見つめる孤高の歌人の姿が浮かびあがってくる。彼はデカルトのように小部屋で内省するのではない。大和という土地にあくまで執し、古の「三千の威儀」に心を寄せながらも、不思議と明るい草むらを歩んで自然を詠いとめる歌人の姿には、あてどない漂泊者の趣がきざす。

野も山もただ青くありし人間の歴史の最初(さいしょ)にわれ會(あ)はざりき　『植物祭』
うしろより誰(た)ぞや従(つ)き来(く)と思へどもふりかへらねば松風の道　『天上紅葉』

正気を狂気に隣接するまでに研ぎ澄まさずにはいない歌人のひたむきさは、戦時中にはいたましいほど翼賛的な作品を生みもした。しかし、その時々の時流を超えて彼の歌業に一貫して流れているのは、「人間の歴史の最初」から人を、そして「われ」を捉えて離さない根源的な不安であり孤独であるだろう。それゆえに「悲しみは勿論のこと、よろこびの歌にしてさへ、底に涙の湛へられてゐないやうなものは仕方がない」(『日本し美し』後記)のである。

佐美雄体験

永井祐

『植物祭』は好きな歌集だけれど、実際に一冊を読んだのはけっこう遅く、わたしが短歌をはじめてすでに十年以上が経った後だった。そのときに感じたことを今でも覚えている。

人間の身にありければすこしでも日かげはながくながめたきなり
押入のふすまをはづし疊敷かばかはつた恰好の室になるとおもふ
この家の井戸の底からはわが寝てる二階が何んてとほい氣がする
體力のおとろへきつてる晝ごろは日本の植物がみな厭になる
夜更けの街頭に立つてここにつながる無數の道をたぐり寄せてる

変な歌が多い。歌がなんだかちゃんとしていない。口語も多い。い抜き言葉やら抜き言葉もある。定型感がゆるいものもわりとある。内容も、しょうもなさすれすれのものがずいぶんある。

これが名歌集なのかと思いつつ、そのスパークの仕方に惹きつけられてすぐ好きになった。それまでに知っていた、たとえば戦後の名歌集にある緊張感やきびしさ、一首の格調、ゆるぎなさとはだいぶ違うもので、驚いたし、一人の思い込みだけれどなんとなくシンパシーを感じたのだった。

『植物祭』について玉石混交と評する人もいる。もちろん、アナーキーな混沌の中にときおりけちのつけようのない名歌があるのはそうである。しかし、よく出来た佳品だけを抜き出して鑑賞してしまってはつまらないし、何より『植物祭』的ではないと思う。天衣無縫の心でガンガン行くのが佐美雄がここで取った方法であり、賭けなのである。

丸き家三角の家などの入りまじるむちやくちやの世が今に来るべし

有名な歌だけれど、この「むちやくちや」ってたとえばありなのだろうか。上句を受けるのにそのまま過ぎないか。表現として雑なんじゃないか。そういう計算がなにか的外れなような気がするのがこの歌集の希有なところだ。現代短歌の源流として言われながら、そのじつ、後の現代短歌が失ったものが『植物祭』にはたくさんあるように思う。

そしてまた佐美雄自身の歌が変わっていく。それは戦争の時代の緊張に呼応しているようでもあって、きわめて興味深い。とりわけ、『大和』の昭和十四年の歌の異様な冴えが印象に強い。

野いばらの咲き匂ふ土のまがなしく生きものは皆そこを動くな
あかあかと硝子戸照らす夕べなり鋭(するど)きものはいのちあぶなし

アナーキーな感覚はそのままに、それが集中してよく研がれたような印象を受ける。上句と下句はくっきりと分割されてよりソリッドな構造になり、語の運びには緊張感がただよう。触れれば切れるように鋭い歌である。『植物祭』の自由でぐにゃぐにゃしてどこかしら気楽な歌の雰囲気はない。

こういう変貌の中で佐美雄が得たもの、また失ったものについてわたしはずっと考えてしまう。そこには個人の変化があり、時代の変化があり、短歌の変化があって、世界の流動のダイナミズムがそのままうつっているように感じられる。

前川佐美雄という優れた電波塔が送受信していたものを、わたしたちはその歌から受け取って、上手くいけば肌に感じるように体験することができるだろう。

家出でてしばし歩めば崖ちかし崖にのぼりゆく眞晝間ならむ

菜の花の黄なるかなたに無益(むやく)なる人間の家かひと日わするる

春霞いや濃(こ)くなりて何も見えねばここに家畜をあがめむとする

月の夜の菜の花ざかり見しゆゑか晝間といへど白面(しらふ)でをれぬ

眞晝間の霞いよいよ濃くなりてむせぶがごとく獨(ひとり)なりけり

靉靆

千萬の富(とみ)をいだいてわめきけむいつの代(よ)の春とおもほゆるかな

靉靆と雲たなびいてゐるあたり脊のびしてこそ見るべかりける

ゆゑ知らぬいきどほりもちてさまよへど花美しき春のさかりは

如何ならむ大事業といふも成(な)し遂(と)げて言語(ごんご)道断(だうだん)に生き抜かむとす

日がなひねもす机の前に坐れどもおもひぞかかる机のほこり

一代の豪華とや言はむそのかみの醍醐の花見うらともしくも

いづくにか溜息(ためいき)ついてゐるらしきをとめよ春をみな飛び下りよ

ぞろぞろと從(したが)ひ行けば花見なりやけくその如く樂しきならむ

夢ひとつ見ともかなはぬ世に生きて父の菩提をとむらふ春なり

晩春小居

逝く春の霞ぞふかき眞晝間は屋根にのぼれども眼(め)の見えはせぬ

年寄や子らの手をひきてあてどなく春はぼろぼろになりて去(い)ぬらむ

春なれば親子ぐらしの愚かさも涙ながしてうべなはむとす

晝過ぎの霞いや濃くへだてられおもかげも見えぬいらだたしさを

ゆく春は　獸(けだもの)すらも鳴き叫ぶどこに無傷(むきず)のこころあるならむ

いつしかに春過ぎゆくに母の飼ふ小鳥はひとつ眼をまたたかぬ

ゆく春を藏(くら)にこもりて讀みたどる歴史のいくつうべなひがたし

青葉歎

若葉耀く五月の午後はどことなく墜ちゆきて暗きいのちと思ふ

放蕩のあげくは正しく飢ゑきつてなだれ寄る若葉に追ひまくらるる

むせかへる青葉若葉の山みちに若氣の情や分別もなし

薔薇咲いて屋敷町の晝ひつそりと面影はまなく過ぎゆくらしも

この春は三十幾回目の誕生をむかへしとおもふにはや若葉老ゆ

變貌

雨あとの夕陽を浴びたる草山があまり青すぎて夢見させらる

草はらを共にい行けば逞しく荒くれたきもそのすべを知らぬ
幾つかの草山を越え草山のあひに說明も出來ぬ水飲みてゐる
草山をどしどしと歩いてゐしわれを夜の夢に見れば旅人に似つ
雨づつみ青葉のいよいよかぶされば我の悲しみ何處にあるかも
紫陽花の花を見てゐる雨の日は肉親のこゑやさしすぎてきこゆ

石響く

ゆふ風に萩むらの萩咲き出せばわがたましひの通りみち見ゆ
たましひの癒えそむるころ晩夏は石ひびくごと遠くに過ぎぬ

秋の日向（ひなた）を軋（きし）りゐるのは牛ぐるま遠き日の夢の老いゆくまでも

まぶしくて樹蔭（こかげ）に入れば今ここに無一物なるわが夢顯（た）ちぬ

ゆふ空は水のごとくに澄みゐれば奈良の町は今どこも萩の花

夏草がはびこれば今日も裏に出て晝の月見てをらむかと思ふ

赤赤とただるる夏のをはり花（ばな）われはとろけてしまふいのちも

いまははや夢見るばかりのいのちにて山が青しとては涙ながすも

炎天を朱（あか）き埴輪（はにわ）の人馬（じんば）らが音なく過ぎしいつの夢にあらむ

荒草の庭にむかひて晩夏（ばんか）過ぐせばうしろに妻のこゑもせぬかも

秋斷片

一

ふるさとの野山の相（すがた）變らねばかくるるごとく住みつくらしも
燃え立たむ思ひもなしに日ぞ暮れぬむなしき影を身に藏（しま）ひ込む
見覺えのありと思ふ山青くしてとことはにめぐる日に照れるかな
夕ぐれの音ひとつしてがらんとせりはや何もなしに秋と思へり
あはれなる思ひにふける死ぬる日は俯（うつふ）すものぞと誰（た）が言ひにけむ

二

曼珠沙華赤赤と咲けばむかしよりこの道のなぜか墓につづくも

くたばりて歸る日もあらむふるさとの青き往來(ゆきき)のとはに靜けき

惡事さへ身に染(そ)みつかぬ悲しさを曼珠沙華咲きて雨に打たるる

腐りゆく花の終りを見つくして何になるらむ悲しくありけり

曼珠沙華雨に朽(く)ちゆく野に立ちて永遠(とこしへ)のもののごとき思ひす

三

くろぐろと翅(はね)切れし蟻のさまよへばまた歎きつつ歸る日となる

みづからを室(へや)暗き隅(すみ)に追ひ込みてわれと見つむるは仇(かたき)に似たり

草原に持ち出されゐるは襤褸(ぼろ)の類(るゐ)はや眼覺(めさ)ませ眞晝すぎなり

太陽はあるひは深く簷(のき)に照りわがかなしみのときわかたずも

雜信

鞦韆(ぶらんこ)のかげあはあはとわが胸にうつり居(を)りいつか秋を病みつつ

そこらには黄(き)な蜘蛛(くも)が網を張るらしく獨(ひとり)おもへば豊けき秋なり

秋は澄む地酒(ぢざけ)の味にゑひしれて涙ながしゐるもこころのほつれ

門前(もんぜん)に立ちて眺むる秋風はいま鷄頭の畑(はた)をはすかひに吹けり

秋ふかみ白けゆくわが面（おも）もちのかく正面（まとも）むけば限りなきねがひ

大伽藍造營のさまは夢に見て傳説のごとき秋の日とおもふ

暗（くら）がりを菌絲の白くのぶるなりあなむざんなる夢見たりけり

燭臺の燈（ひ）を暗くすれば秋の夜（よ）のはやたえだえにひとの臈（らう）たき

大軍はすでにみんなみに移動して日本の秋コスモスのさかり

昭和十三年

園

めざめては他界と思ふしづけさに生きたるものは皆いぢらしき

くづれゆく雲はひときは輝（かがや）きてきちがひならぬわが額（ぬか）照らす

透きとほる秋の晝すぎコスモスは立根（たちね）も浅く揺れなびくなる

何が悲しと言ふも愚（おろか）なかぎりにて襤褸（らんる）焼きゐる眞晝のにほひ

春風（しゆんぷう）を斬（き）らむと思ふもののふのねがひもあへなくなりしが如し

地の底にうなされをるは夜明（よあけ）にてとはに歎かふごとくおもほゆ

絶えまなく薔薇の行列過ぎゆけば眼（め）くらむばかり眞（ま）つ晝間（ぴるま）なれ

夕焼は支那より射せり窓におくチユーリツプの黄な花も悲しも

幾つもの穴を掘りつつ日ぞ暮れてまぼろしのごと月のぼる見つ

おほごゑを立ててわめくな印度のはての夕焼の空

いつしかも冬となりつつ朝朝（あさあさ）をたまごの生（あ）るるきよき思ひす

壁のまに小蜘蛛もひそむ冬にして斷腸（だんちやう）の思ひなきにしもあらず

寢る前に窓そとのぞく闇のなかまだ捨てぬガラスの破片（かけら）ぞ青き

今もまた途方に暮れてつぎつぎと室（へや）通りぬけし開（あ）け閉（た）ての音

正氣とは誰も信じぬあはれさは滿月の夜を河に落ちにき

山の上に手をしきりに振る人見えて秋らしく晝の空澄みにけり

ひらべたい岩の上にのぼり見渡せば野はだだつぴろい秋の洪水

窓そとへぶらさがりたるは斷末魔師走の空のげにうつくしき

外套をひきずりながら球根を土にうめゐるよすでに父なり

淺らかにからす鳴きゆく夜あけがた故山に還(かへ)る詩人にあらず

禽獸のしぐさをわれは恥づれども星かがやかに夜の更けゆくを

西山に日の落つるころを藪に入り椿の一枝(いつし)截(き)りたりわれは

落日(らくじつ)のひととき赫(かつ)と照りしとき樹(き)にのぼりゆく白猫を見つ

珠

冬にむき雨しとしとと降りつげばすでに器(うつは)を伏せしおもひす

をりをりは心の底もあざやぎて高山（たかやま）のすがたうつすことあり

露しづく受けてあそべる幼子（をさなご）のその兩（りやう）の手に救はれましを

床下（ゆかした）に射し込む冬日のぞけどもいまは青じろき草ひとつなし

眼鏡（めがね）かけしわれ十一の夏にして兩眼の度（ど）もことなりゐたる

戰爭の冬をこもりて何すとやへりくだらねばならぬわが身を

晝となく夜となくわれのそびらには枯葉のごとき音立ててゐつ

けざやかに雲ながらへば涙出づ氣ぐらゐばかり高きにあらず

ふるへつつ卵うみゐる白き蛾をかかる霜夜におもふは何ぞ

寒(かん)ながらはやも黄に咲く花ありて物わすれせし春に似るかも

不眠症のむかし思ふもかなしけれ夜夜(よよ)越えゆきし青山(あをやま)のみづ

器物にはこころをくだくたしなみも幼きころにつちかはれしか

朝がたははや川底にかへりゆき耳澄ましゐるごとく靜けし

チューリップも咲きぬと言ひて忙しく戸籍謄本取り寄する春

來年の向日葵(ひまはり)の種子(たね)しまひつつはやなになにとこころせき立つ

ひとひらの掌中(たなごころ)にぞ見るべけれ亞細亞のはてにつづく國國(くにぐに)

風のなかを額(ぬか)きらめかし來(く)るものの聖(ひじり)ならねば蔑(さげす)まれあれ

夜の底に燃えくるめける赤き火をわが身ひとつに清(すが)しみたるも

夕焼の空にたゆたふひとすぢの黄いろき雲も春らしくあり

さむざむと夕照りすればみほとけのお寺の屋根も曲(まが)りて見えつ

母となる日はいつならむわが妻に夜霧に濡るる草花見しむ

草なべて素枯るるときにありながら 紅(くれなゐ)の茸(きのこ)庭にもえ出づ

六茶九茶に冬日照り込む家のうちアルミニユームの罐叩きけり

朱(しゆ)にひかる珠(たま)の一つをいつくしみおづおづと生命(いのち)いきながらふる

柿の木に冬日あかあか照りゐたり何爲(な)すなくてことしも終る

諸行

あたたかき雨降る夜(よは)に思ほえばなべての草はしろき根を伸(の)ぶ

冬の間(ま)におのが短氣をやむべしと願ひたりしもはやむなしきか

墨すりて何をしるさむ紙のうへ諸行無常とおもひは盡きず

肉體の内部の暗さ見え來つつせんすべ知らにかなし眼(め)をとづ

をりをりに床下(ゆかした)覗(のぞ)きゐることありいつの日よりの愚(ぐ)な仕ぐさなる

大木(たいぼく)が黄な芽を吹けばかなしもよわが頭(あたま)こはれゆくと恐るる

晩ざくらさとひらめきて散りたれば再び戻りそのしたを通る

あかあかと夕焼雲のうつらふを何のかげにや窓べを過ぎつ

冬の日の午後二時ごろをまどろめば網（あみ）ふせられしごとく悲しき

日向（ひなた）べに短くゆるる草ありと妻にも言はねたぬしきものを

梅の香（か）のにほふ夜ごろはわが町をやくざも歩く足おとぞせむ

よるひる

うす曇る温（ぬく）き夜（よ）なかを起き出でて大いなる春芽（しゅんめ）ひとつたづねつ

天も地もただ暗き夜を手さぐりに歩み出づればあやしきこころ

春雨のなかに暮れゆく崖高しひもすがらむかひゐしも敵（かな）はず

晝ひなか燈火（ともし）を提（さ）げて暗（くら）がりにもの探（さが）しゐしは今日（けふ）かきのふか

夕焼の雲しづみゆくを見てゐしに鼠かかれりと騒ぐこゑする

戒律のきびしき時に身を生きて何んの悲願もかくるにあらず

對岸の岩をのぞむは信心かやまぶきの咲けばわれも見て立つ

ゆく春はわが祖（おや）の代（よ）もかなしくて菜種（なたね）の油（あぶら）しぼりしか知れず

夜（よる）よなか裏の畑（はたけ）におり立ちて春も過ぐるとくらき土打つ

ゆく春の黄な花咲ける庭どなり如何なる襤褸（ぼろ）を焼きゐるならむ

夜をひと夜おもひつくして朝がたの靜けきこころ墨磨（す）りてゐつ

花筐

おぼろ夜の月黄いろきにわかれゆくいのちと思へ肉體をもつ

はろかなる山のあひまにけぶらへば夕日のごとし抱きて歎かむ

たまゆらの休らひとてしなき如く現(うつつ)ならざる貌(かほ)かたちせり

なめらなる髪(かみ)を撫(な)でつつ悲しもよはやへだてくる生命(いのち)と知らず

かなしかる遺(のこ)りの髪(かみ)をまもりつつ春過ぎゆくも知らずありける

杜若(かきつばた)むらさきふかく咲く邉(へ)まで昨日はありしさきはひなるを

春陰

ゆく春は鳥の抜毛もかなしきに白く落としてはや飛び去りぬ

はてしなく畑（はたけ）に落ちてゐるもののうれひは雨にしとしとと沈む

石垣のあはひにひそむ毒蜘蛛をいざなひ出すと昨日も今日も

土砂降りの雨にからだをうち流し木石（ぼくせき）ならぬわがいのち思（も）へ

手の甲を這ひゐる蟲のまたしても血脈（けちみやく）にひそみゆくと悲しむ

大いなる穴のごときに向ふごと霞ふかくなり晝すぎてゐつ

白米（しろごめ）のひとつかみばかりたづさへて何にほどこすいはれも知らず

野にあれば遺賢とこそは言ふならめ霞濃き日をかなしむらしも

黄な花が一面に咲けるところにて涙ぬぐへり示(あか)しがたしも

まむかひの屋根に啼きつつ白猫が土塀をつたひおり來たるころ

ゆく春は老婆のごとき親すずめ雨に濡れつつ羽ぶるひをせり

脊(せな)の上(うへ)に石のせてゐるはいのちにて今年も春の老いゆくらしも

晝前の二時間ばかり幾百となく幾千となく羽蟻空に消えゆけり

勘(かん)どころはづれてゐれば老猫(おいねこ)のせのびするごと涙しながす

風もなき眞晝を涙ながれゐぬいにしへは美籠(みこ)もち花摘ましけむ

野つぱら

青青(あをあを)とかがやきわたる野つぱらのかかる陽(ひ)をわれら祖先となせり

蜥蜴らははや草の間(ま)にひそめるや龍(りゆう)のごと天(てん)の雲裂(さ)けてをり

かぎりなきこの世の夢やまぼろしもわがものとして生きゆかしめよ

石竹の花赤く咲けば梅雨ふけてなぐられしごときつかれ身に出づ

日のくれは天山南路を地圖の上に戀ひわたりたる子供なりしも

たたかひを挑むものあらばたたかへよ遜(へりくだ)りゐるは歎きとならむ

黄な花がいちめんに咲ける晩春(おそはる)はわれの古(ふる)さが彩(あや)なく眼(め)に立つ

夕焼の空のこなたのももいろの雲の妹(いもうと)をあはれがりおり

夏の夜は智恵もなく露にまみれたる地酒（ぢざけ）を汲みて酔ひ伏しにけり
燃えあがる塒（ねぐら）の眠りといふことの誰（たれ）があはれに言ひ初めぬらむ

虹

肉體のおとろふる日もわが夢の濃（こ）く虹のごとく輝（て）れよと思ひぬ
森ふかく咲きたる花のすがしきはひとに言はねば和（なご）まむとする
いきものの蛙（かへる）ひとつを殺（あや）むるもあやに輝（かがや）くわが眼（め）ぞかなし
松のかげいまくきやかに澄みたれば手に兇器なし炎天に立つ
貧しけど心のすがしさ眼（め）に見よとかなたなる虹の輪（わ）にむかひをり

ひとたびは深く信じし道なれどくづれゆく日ぞ響(ひびき)つたはらず

玉蟲といふ蟲生(あ)るる庭にむきたたかひの夏をこもるまづしさ

夏旅

炎天に湧きあがる雲の限り知らねば一筋(ひとすぢ)にわれの犬吠えて走れ

ひろびろし夏草の野を岐(わか)れゆく道のかたへのひじりのごとく

夏草の高しげるなかにかくろひて腐りつく古木(こぼく)の株(かぶ)は思ふな

驅けのぼる木立だになくば山の上の荒草に沁む眞夏日の照り

夕空の雲とろけゆく蒸し暑さ容赦なくあかき罌粟(けし)の花なる

月夜ゆく川のながれのひとところ魂(たまし)あるがに輝やきにけり

どんな獣(けもの)を崇(あが)めまつれといふならむいよよ外道(げだう)に落ちしかあはれ

あたまより影日向(かげひなた)なき陽(ひ)を浴(あ)びて腐りゆくとは植物に似ず

炎天にたちくらみするつかのまぞ松蟲草のむらさきふかき

市隠抄

朝戸出にふとわが顔が泥みづにかげを映(うつ)せりぬぐはれなくも

何が名譽の道か知らねば向日葵(ひまはり)の西むくころを暑しと言へり

すでにして夏も終りのもののおと黄いろくなりし疊にすわる

壁も柱も乾(かわ)ききりたるかなしさは何にたぐへて死なばよろしき

荒庭にむきてこもれば土用すぎ見ひらきし眼(め)のあはれを感ず

夕焼の雲枇杷色(びはいろ)にうつるときよろめくばかり庭におり立つ

砂の上にとまれるらしき蝶のかげ淡(あは)く晝寝(ひるね)の夢に見えくる

向日葵が挑(いど)むばかりにかたむけばはや日ざかりぞ頭(あたま)つかるる

むし暑き朝より木魚の音すればなんの疲れか身にいたく沁む

溝泥(どぶどろ)に突きおとすよりすべなしとはやとろけゆく夏の日のをはり

さまざまの記憶よみがへりまた消ゆる秋の日向(ひなた)に在(あ)りと思はむ

漢口の陥（おち）いらむ日をわが待てば石にひびきて秋立たむとす

しらじらと月に照らへる砂原をはや遙かにぞ思ふこのごろ

清秋

退屈の時とほく過ぎてこのごろの朝あをき空に頭（かうべ）を垂（た）れぬ

怒りては庭になげうつ寶石のひとつだもなく秋のしづけき

白く冴えたる牙（きば）うち鳴らし消えゆけりはや何もかも命（いのち）のみなる

汗あへて勤労奉仕にたづさはる太初（たいしよ）もあをき松のかげなり

ねやにゐて秋のひかりの澄みたるに何を逞（たくま）しき夢見むとする

はじめよりかかる大和の國ありと忘れをりしぞ歎き出されつ

あをあをと水を斷(た)ちきる秋の日のいさぎよき思ひしてゐたりける

夕ぐれは街のひびきが縞なして水と澄みゆけば秋の奈良なる

秋の日に照らふ草山ただ青くゐむかへばすでにわが眼はとづる

懸崖

あかあかと夕焼すればおのづから今は俗歌をまじへて亡ぶ

絶えまなき秋の日向の土くづれ何はかなむやいのちなきもの

白髪(はくはつ)をふり亂しはしり哭(な)き叫び山に入りしが音沙汰もなき

澄みはてし野末(のずゑ)を見れば夢なるやはや崖のごとくひらくものあり

がらくたを仇(あだ)のごとくはたたきわりもの狂ふさまの秋の晝なれ

懸崖の菊をつちかふゆふぐれはまた崑崙(こんろん)にわがかへり住む

鶴

飛び込めばはや渦巻(うづま)きて散りしきる紅葉(もみぢば)のなかの來(こ)し方(かた)のゆめ

千年(せんねん)のよはひをかさねて松も青しすでにいつしか鶴飼ひにける

日の暮をとほく歩むは長安の詩人なりしか木沓(きぐつ)をはきぬ

かずかずの逆(さか)しまごとも過ぎにけむふり返り紅葉藉(もみぢし)きて休めり

西域のゆふべにあふはうつしみの人にあらねばたなびきにける

しとしとと夜を落つるしづく濡れしとる石を抱（いだ）きて重くしづみぬ

何の悲しき夢さへもなく鶏頭は土に折れ伏していよいよ紅（あか）し

定住の家を持たねば妻つれてある日に見たるコーカサスの谿（たに）

ゆふまけて水のおもては盛（も）りあがる青青（あをあを）としまし和（なご）むこころを

朝しづくやさしやさしと手には受く心のそこのいきどほり消（け）す

昭和十四年

南枝北枝

殉國の美談なりしか腸（はらわた）のこほりつく夜（よ）をにほふしらうめ

逆しまにかがやき落つる美しくこの世ならぬと褒（ほ）めそやすかも

冬海の鳴りとよむはてぞ虚（うつろ）なる無限（むげん）のごときわれを哭（な）かしむ

子らは遊び老いたるは坐る縁の端（は）のいつの代（よ）とわかぬ冬日ざしなり

鳥飛似鳥

肉體は首からしたか胴だけと信じてゐしがはや梅にほふ

たまゆらもその眼とづるな爛爛とかがやくその眼とはにとづるな

いかならむ世となるや我の知らねども水激しけばうち湍ちたり

鬨のこるゑ野山にひびきとよもせばまた夢に似しうすき花散る

雪の日を花屋から來る一鉢の溫室咲きの朱きはなよ凍るな

夜となれば庭の奥どをゆききする洋燈のありていまも眠れず

絶えまなく過ぎてゆく時間に逆らひてわが熱き血を悲しと思ほゆ

法則に今はしたがふやすらけく夜を夜もすがら雨滴のひびき

のろくさく今日も日が照りはげみなきわが日常の歌うたはしむ

大和

雪の上にわれの脊骨か燃(もや)しゐしほのほのひとつ立たずかなしも

塵(ちり)ひとつなき谷底の冬なればなみだもかれて鳥鳴きにけり

山河

一

おぼろめく春の夜中を泡(あわ)立ちて生(うま)れくるもの數かぎりなし

夜をつくし勝負ごとにぞ勢(いき)ほへる虚(むな)しさや涙ながれてやまず

かがまりて見はれば荒(あら)き地(つち)なるを何の蟲かもはねて飛びたり

みづからを火焔(ほのほ)のなかに燃えしむる不動といふも影かたちなし

泥沼を泥の底よりかきまはし慰(なぐさ)まるべくはものすさまじき
まがなしきわが行(おこなひ)を見しものの山河(やまかは)なるや青さを知らず

二

頭髪の汚(よご)れをいたく氣にしつつなまあたたかき風中(かぜなか)に立つ
かずかずの逆(さか)さまごとも眼(め)に見しとはやおぼろなる涙ぐみつつ
ゆく春を穴のなかより這ひ出でて惡(あく)のごとくは憎しまれける
とことはに牙(きば)をあらはすこともなし岩のごとくは苔むしにけり
玉ちらふ瀧のしぶきのしげけれやこの一つごといかに守らむ

十二便

赤赤（あかあか）と落つる陽（ひ）を見ずとどまらずあわただしくは流れゆきたり

さきがけてうす黄の花の咲く春に生（うま）れあへるも七夜（ななよ）たもたず

炎天にうちしをれゆく蔓（つる）くさをかなしむ思ひは夏と知りつも

おのがもつ十幾貫の重たさに今日をゆだねて生くるかなしさ

溝（みぞ）のべにあかき口（くち）してみづ飲める畜生ぞあればもの歎かふな

きりきざむ胴のなかより光り出（づ）る剣（つるぎ）にもあらばたふとむべきに

人間のいのちといふもはかなくて夜明に過ぎしひとひらの夢

逆しまに落つる速度のすさまじくまがなしき限りひとり思はむ

しづかなる春の夜なかをうつむきて何を思へるや悲しみふかし

雲もなく山も野もなき眺めなりひとすぢに青きまぼろしのぼれ

夜一夜なにものもわれを超え得ずと信じきるこそ暗くかなしき

大空に胸つき出だし坐りをる山のごときもののつね自若たれ

春雷

まかがやく夕日のなかに眼をとぢよかくして今も由緒ただしき

ばら色の朝日ぞにほふ床のべに老いてののちや何みがきゐむ

春雷(しゆんらい)は鳴りわたりたりいにしへも今のうつつも仇(あだ)に刃(は)むかふ

青空の澄みたるほかは思はねばひびきを立てて飛び行きにけり

春の日に脊中(せなか)を干(ほ)してゐるものの頻りに泡を吹きて老いつつ

野いばらの咲き匂ふ土のまがなしく生きものは皆そこを動くな

青青(あをあを)と日の照れば深き谷にして昆布(こぶ)に似し長き草垂(た)れさがる

大和

春がすみいよよ濃くなる眞晝間のなにも見えねば大和と思へ

白鳥のせめてひとつよ飛び立てと野をいやひろみ祈りたりけむ

とこしへに春を惜しみて立てらくはいまに現（うつつ）のおんすがたなる

何ものも從へざればやまずかも永遠（とこしへ）にひびくこゑとこそ聞け

天ごもり鳴く鳥もあれ眞晝間の野火燃えつづき太古（むかし）のごとし

四方山（よもやま）もすでに暮るると下（お）りきたり谷に水のむけものちひさし

ひもすがら陽に迫はれゐる家畜らのはや夕暮とねむるかなしさ

畜生も石のほとけと刻（きざ）まれしこころ見るべし春日照りつつ

ゆふぐれと彼方（かなた）に低く錆（さ）びひかる沼地の水か心（うら）たよりなき

かぐはしき思ひのなかも無きながら強（し）ひて象（かたど）る花はひらめかず

霞

祖先(みおや)らを遠くしぬぶは四方山(よもやま)もかすみて見えぬ大和と思ひ

層雲の彼方に見る見るかき消えしわが子の面(おも)のかがやきあはれ

春霞いやふかき晝をこもらへば土間のあたりにうづくまれこそ

たはやすく人のこころを疑ふなかすみ濃くして天(あめ)も見えぬに

尾を垂れて夕べをかへる家畜らのうちしをれたる我は容(い)るるな

よみがへる生命(いのち)ならねど眼(め)をあきて霞の奥をのぞむしばしば

菜の花の咲きのさかりを家ごもり晝燈(ひるひ)を點(つ)けてこの世ともなき

春山のかすみの奥に逸(いつ)したる鹿のごとしとひとつたへけり

戰(たたかひ)の日にありながら家のうちのわたくしごとをなげかふあはれ

牙(きば)鳴らし白きけもののかくろへる霞のおくにたづね入るべく

遠日

遠き日のいよいよ遠くなりにつつ山かすみひくくつらなれりけり

けだものに會(あ)ふばかりなりし古(いにし)への神の道かも青く照る見ゆ

春まだき山上(さんじやう)の湖(みづうみ)尋(と)めて來てひと夜(よ)ねむるも水よりひくく

狂ほしく野山ゆきつつ時にわがあやまちのごと花散れる見き

春の宵(よ)は石油(あぶら)ランプにたらたらと石油(あぶら)注(そそ)ぎゐしむかしの母を

山山(やまやま)のうち重なればおのづから霞みつつ春はねむり入りたり

韓紅

ひとたびは音立てて清く流らへとあるひはねがひ沼の邊(へ)に立つ

たはやすく四億の民と言ひなすも悲しきかなや數へがたきに

たたかひを挑むものあらば闘(たたか)ふとあはれにひとり眼(め)を耀やかし

春の夜にわが思ふなりわかき日のからくれなゐや悲しかりける

あかあかと硝子戸照らす夕べなり鋭(するど)きものはいのちあぶなし

ゆふ燒の雲あかくうつる土の上に這ひもとほらふいきもののかず

また一つ國ほろべりと報（しら）するもわれらありがたしただに眠れり

ひびき

掟（おきて）だにただしからずば春の日を生（あ）れつぐ蟲もいのちかなしめ

いんいんと響き來るものありがたくただに無量の思ひしてゐつ

たよりなく晝霞せりいづくにか卵を落とし鳴く鳥あらむ

海底（かいてい）のふかき谷なすところより眼ざめ來たりて朝を息づく

おぼろめく春の宵月（よひづき）赤ければ土龍（むぐら）は穴より手をつきて見つ

風景

さざれ石敷きつらね清き水底（みなぞこ）にあゆみ入る朝ぞ花ちりしきれ
こなごなに砕けはてしがひとしきりあやに光れば手もつけられぬ
たまゆらに百年の月日過ぎゆくも疑ふなかれと石に彫（ほ）り込む
西歐のむすめらうたふかぎりなきあなまがなしき聲にゆするる
住みつきてはや二年（ふたとせ）かあはれなる埃（ほこり）よと言ひて妻の掃きつつ
ゆふぐれと在（あ）るにあられぬ眼つきして蟲ども棲まふ穴覗（のぞ）きをり
草も木もわれに挑みてほえかかるすさまじく青き景色（けしき）なりける

明るすぎる野なかにあれば縫ひて立木の幹も裂きて見にけり

土塊のなかにまざりて朽ちゆくか老のいのちの夕火をともす

草逞し

うつうつと梅雨の曇りのふかければ身に沁む紅き草花を愛づ

かがやかに日ぞ照りわたれ梅雨あきて地につき如す青葉の重り

きりぎりす鳴くや草家簷ひくく十年にあまるわが夢成らず

ふつふつと沸き立つ暑き日ざかりの泥の泡とも吾をかなしまめ

雨あがり伸び著く太き夏草にわが身を並べすなほなる日や

夜ふかく雨さわさわと降るなべに燈(ひ)を照らし庭の青葉に對(たい)す

おのれをば鍛(う)ちなほさまくと腕組(うでく)むや杉しんしんしんと聲なく高し

牡丹杏の紅(あか)く熟(う)れたる木のもとに少年なりし日のわれが立つ

山あひに遠く見えたる海の色かつてひとたびも父と旅行かず

夏草の野をただに逃(のが)れゆくわれのさびしき背後(うしろ)をりふし浮かぶ

しんしんと大樹(たいじゅ)の杉を容(い)れしめてしづかなるかなや青空の照り

牡丹杏の朱(あか)く熟(う)れたる木のもとに懺悔(ざんげ)さながらのわが十年(ととせ)思へ

さみだれの夜(よは)におもへば内(うち)ふかく藏(しま)へるわれのこゑごゑ濁る

雨晴れてひとしほ色濃き紫陽花（あぢさゐ）のかたぶけるさまは夜（よる）も思はむ

夏夢

夏草の伸び逞（たくま）しき日をひと日こもりをり壁のすべすべと白し

運命にひれふすなかれ一莖（いつけい）の淡紅（うすべに）あふひ咲き出でむとす

夏三十日（みそか）むごき日でりに萎（しな）ゆれば草さへ地（つち）を抜け出でて飛べ

彩（あや）なりし昨夜（ゆうべ）の夢を追はまくは満目の露ひとしきり澄む

骨髄に沁みしうらみの消えやらず十年（ととせ）經（へ）し今日をうづく思ひす

若葉せる樹樹（きぎ）の梢（こずゑ）を踏みわたりいづく行かましや神ならぬ身を

若葉せる樹(き)の上に夢を遊ばせて吾(あ)はかなしもよ家暗く臥(ふ)す
天わたる鳥の羽音(はおと)をとらへまく双(もろ)手あぐるや黄昏はふかし
この道や夜霧のおくに燈(ひ)をともし妻子のねむる家ひくくあり
父のみ墓に母と詣(まゐ)りて額(ぬか)ふすやかくし音なきをいぶかしみせり
あをあをと我を取りまく夕野原針はしきりに草に藏(しま)はる
遠空は淡(うす)き縹(はなだ)に澄みたれば夢消えてゆくよ草みちづたひ
この道の夏草あをき高しげり家出(いへい)づるわれをはや隱(かく)さふも
萬緑(ばんりよく)のなかに獨(ひと)りのおのれゐてうらがなし鳥のゆくみちを思(も)へ

あかあかと雲は遠べに退(しぞ)きゐぬ夢覺めて萬朶の露をすがしむ

無爲

無爲(むゐ)にして今日をあはれと思へども麥稈(むぎわら)焚(た)けば音立ちにける

眞夏日の灼(や)けつく白き石の上に立ちつくしゐてもつひに無爲なり

ふるさとはひろからねども眞夏日のいや青く照れば天才も出でよ

朝あけてはや濫(みだ)れさす暑き日にさだめに似たる葵(あふひ)咲きたり

草の上に脱ぎすてられし白き帽子が眞晝の夢にかよふ久しき

土ふかく泥ふかくもぐり歸りゆきなべて彩(あや)なるものを忘れむ

炎天

赤赤と雲のなだれてゐるゆふべわが犬は尾を巻きてうごかず

おそ夏はものなげくだに虚しくて柴（しば）の折戸（をりど）をつくろひゐたる

草山に秋日照りみつる晝なれば蛇を近寄（ちかよ）せる萩咲きにけり

蛇も蛙も脊（せな）の縞目（しまめ）の荒（あら）だちて秋に入りゆくはともにかなしき

汗あへて晝を眼覺めぬ鱗（うろこ）あるいきものを思ふは堪へがたく暑き

炎天に蟲しきり鳴けり千年（せんねん）の夢かしばしば顯（た）ちては消えぬ

赤赤とどぶどろに日の墮（お）ちゆけば夏も終りのあぶく立ちつつ

夕風に萩のむら青くなびかへば萩のむら潜（くぐ）るいのちすがしき

小鳥らは音なく空に舞ひあがり何のひびきも骨身（ほねみ）に徹（し）まず

晝と夜のあはひにありて歎かふも定（さだ）かには見えぬいのちなりける

晝寝より覺むればすでに夕ちかし夢もなき身にごんくのひびき

晩夏

炎天に汗をぬぐひて立ちどまりわが舊（ふる）の身（み）を悲しめりける

炎天に犬しきり啼けり旅びとは無形（むぎやう）の父を眼（め）におひにける

旅にある夕べはこころもせばまりて低い草山がなほさら低き

下界には今夕雲をうつくしと見とれゐるわれが足ふらつくも

夜となれば心おきなく眠らせと母には言はね草のかげより

青じろく湛(たた)へぞひろき水の邊(へ)に午前五時ごろ歩みちかづく

おのれひそかに樂しき思ひしてゐれば水動きそむ晝過ぎにつつ

大戰となるやならずや石の上に尾を失(うしな)ひし蜥蜴這ひ出づ

鋸(のこぎり)のおとこそひびけ石の上に夏もをはりの花あかく散る

谷あひに石割(わ)るおとのさえざえと秋空高くひびきてやまず

すでにして夏もをはりと桃の葉の葉脈(えふみやく)見ればあら透(す)きとほる

口の渇きを堪へつつ帰るふるさとの赭土の道の晩夏のひかり

蜘蛛の巣が朝日にひかりをりしゆゑ　著しきは今日なにもなし

なにごともなかりしごとき夕べにて青き砥石に刃物を當つる

夜夜をわれらまづしく地ひくく眠らへばすでに則にしたがふ

晝顔

炎天に燃ゆるほのほの黄いろきに毆りこむべくいらだたしけれ

雲白き夏のゆふべとあざわらひ卑しみゐたり生ぐさきゆゑ

西空の雲焼けただれ縮るると家の荒壁塗らしむるなり

晝前は救はれがたく暑くして野朝顔（のあさがほ）の花うす朱（あか）くしぼむ

夕ぐれとあるにあられぬ聲あげて親の慈愛はどうしやうもなき

はろかなる星の座（ざ）に咲く花ありと晝日なか時計の機械覗くも

神神のこゑもこそせぬ晝顔の花あかくしぼみ渇（かわ）きゆく野に

赤赤と夏のをはりの花散ればいにしへよりぞ奴隷はあるも

こだまして雲に入りしが天降（あも）り來てまた限りなくいつくしみ垂る

『天平雲』抄

昭和十四年

夏の終り

ゆく道の砂あさければ晝の月しろくうすらに懸(かか)るあはれさ

草ふかき野の眞晝間に組み伏する逞(たくま)しき夢も過ぎてかへらず

夏すでに終りとなりて咲き群るる花は千年(ちとせ)のむかしも紅(あか)き

野朝顔

西方(せいはう)は十萬億土かあかあかと夕焼くるときに鼠のこゑす

秋風は草穂に光り吹きそめぬわがどちの生活(くらし)も正さねばならず

晩夏

歩みつつ無一物（むいちぶつ）ぞと思ひけり靜かなるかなや夕蟬しぐれ

あからひく夕かぎろひは立ちにつつ地閑寂（つちかんじやく）のさまぞかなしき

旱天

戰（たたかひ）にゆきてかへらぬ人思へばわが身にこもり濃（こ）き秋のはな

山も野もうしろに青く疊（たた）まれば夢かぎりなしひらけて來（きた）る

大戰のはじまる秋を邑（むら）ずまひゆふべに燒きて泥鰌食（た）うぶる

青山をよもにめぐらす國內（くにぬち）をまほらと呼びて住みなせし世ぞ

秋空の蒼

青空の奥どを掘りてゐし夢の覺めてののちぞなほ眩（まぶ）しけれ

威儀三千

霜しろき天（あめ）のおきてにうちふせばいつはりもなし落葉ぞしたり

あかあかと紅葉（もみぢ）を焚きぬいにしへは三千の威儀おこなはれけむ

一生を棒にふりしにあらざれどあな盛んなる紅葉（もみぢ）と言はむ

冬日抄

屋根の上にちちと啼くとき天（あめ）高く切（せつ）なきこゑは過ぎゆきにけり

白霜（しらじも）のきびしきにいのち立たしむも天（あめ）より降りし鳥ならなくに

常住

おぎろなきものの威力とつつしめば　魂（たましひ）　は尾にありてなげきぬ

やすやすと言擧（ことあげ）はすな土塊（つちくれ）も時來（ときき）なば火と炎（も）えて飛び立たむ

落葉日記

燃料のとぼしきを告ぐる冬ながらはや菫（すみれ）ぐさ咲きて色濃（こ）し

寒き日をわが身襤褸（らんる）にくるまれば燃え立てと思ふこころ悲しき

土くれ

たぐひなき夢うしなはず生きをりと證（あかし）だにせずば神も知らじな

昭和十五年

畝傍

葛城（かつらぎ）の山をうしろに立てらくは眞（ま）ひがしにして畝傍を拝（はい）す

億萬

皇紀二千六百年と言ふは易（やす）けどかがなべて日の幾日（いくか）なるや悲し

白き鹽あなさやにふくみ口嗽（くちすす）ぎいましあらたしきいのちをぞ愛づ

涙

天たかく百(もも)どりこもり鳴くときしひじりならざる涙もつたふ

天(あま)が紅(べに)みつるゆふべをしづまれば由縁(ゆえん)の塔かわが窓ゆ見ゆ

曇天

かたつむり枝(えだ)を這ひゐる雨の日はわがこころ神のごとくに弱き

寒土

しばしばも苦しき咳(せき)をわがすれば寒土(かんど)の蟲も寄りてかなしめ

泡沫

春の夜の燈（ひ）を明（あか）くして今もかも永久（とは）のひとときと身を顧（かへり）みす

億萬のかぎり知らえぬ人畜（にんちく）のあはれひとつとなげき臥（ふ）すかな

野鳥

轔轔（りんりん）と響きわたれば取りかこむ悲しやなわれも群衆（ぐんじゅ）のひとり

ほろびたる海彼（かいひ）の國はいかにかとその後（ご）を聴（き）けど言ふ人はなし

やすからぬ命（いのち）をただに享（う）けつぎて山めぐる國の邊（へ）にわれのゐつ

春の内外

南風(なんぷう)はしきりに茱萸(ぐみ)の枝(えだ)吹きぬおのづからなるこころぞ激(げき)す

深潮

水の上に數かぎりなく降る雨のさざ波の紋は見守(まも)りがたしも

梅雨の前後

吾子(あこ)よ見よかなしき親はましらなし汝(な)がために樹(き)に登らむとする

おぼろなる月の夜ごろは水のへの巻貝の夢信じてねむる

あひ闘(う)てる國と國とのただなかにはや亡びゆきし小國あはれ

芝生

幾萬の若きいのちも過ぎにしとひとつ草露わが掌（て）にそのす

一握の草

まぎれなくわれの命（いのち）や生きをりと一握（いちあく）の草引きしぼり立つ

露まみれ

百日紅（さるすべり）あかくわが眼（め）に灼（や）きつけば一列（ひとつら）の蟻を踏みにじりたり

雨に風に

たたかひも四年（よとせ）となりて秋ふかし今さらに深くこころを決（き）めむ

奉祝　十一月十一日橿原神宮參拜

青山を四方(よも)にめぐらすうましぐに大和平(やまとだひら)に湧く清水飲む

流水

秋逝くとつくづくわが身を見まはして深きあはれに眼(め)をとづるなり

小砂の如き

青空の奥どを鳴きてゆく鳥のはろかなる道のひとすぢは見む

昭和十六年

新年の歌

美(よ)き國の大和に生(あ)れしこのわれを羨(とも)しみし言ふ人やいたくたり

寒光

きさらぎとなるや黄いろき夕空に天平雲(てんぴやううん)に似し雲ぞ飛ぶ

品下らず

われは明治の少年なりし枕べの豆ランプの燈(ひ)ひとつ戀(こほ)しも

冬天の下

せはしなく朝より帚（ははき）をかけながら生くる疑ひも無きがごとくに

短日

われ生きて寒（かん）の日なかに生（しやう）あらぬむかしの石の苔むしりけり

英靈にぬかふすときし聲絶えてわが身をのぼる寒（かん）の夕やけ

山吹

何ひとつみ國につくすなきわれと春雷（はるがみなり）の鳴る日つつしむ

夏菊

みづからは足蹴（あしげ）にせむはたやすけど足蹴になして何なぐさまむ

呂律

呂(りょ)の音にひびく水あればこなたには律(りつ)のおとに鳴る川ありて和(わ)す

まだ暗き露(つゆ)の草間に踏み入るやこころ慧(さと)さのかなしきばかり

暑日

戰死者を空(むな)しくしすな戰死者の靈(たま)にこたへむまつりごとせよ

行く末はいかがあるらむ道ばたの川の萍(うきくさ)ながれてやまぬ

碧落を鳴りひびかせむ時いつぞわれの齡(よはひ)はすでにかたむく

『日本し美し』抄

秋深し

日米交渉決裂に瀕す

鮮明（あざやか）によみがへる我（われ）が民ごころ既に紅々（あかあか）し今年（ことし）のもみぢ

日に月に息づかしさの重（おも）り來て今年（ことし）の秋のさやけさ沁まず

天窓（てんまど）の玻璃（はり）に冴え澄む星あかりこの國土（くにつち）を信じて眠る

大いなる覺悟を決（き）めてこの冬の朝々の霜を清（すが）しみぞする

いつの日に出でて征きたる街びとぞ今年も冬の石蕗（つはぶき）のはな

開戰

昭和十六年十二月八日米英二國に對して
宣戰の大詔渙發せられる

國民(くにたみ)の行く道ここに極(きは)まれり極月(ごくげつ)八日大霜の冴え

捷報いたる 一

放送員の聲も悲し

大いなる戰果は謳(うた)へ未(いま)だ還(かへ)らぬ幾機かありと聞くし悲しも

橿原神宮

數ならぬわが身なれども直(ただ)に來て祈捧(いのりささ)げをり橿原の宮に

白砂にまぎれもあらぬ露霜(つゆじも)のあなしげきよと言ひて膝(ひざ)つく

兵を送る

山かげの村より出でて征く兵の戰ふはてや海陸(くが)を知らず

送らるる兵の笑(ゑ)まへばその母も笑みて送れり泣かざらめやも

清明

寒(かん)ざれの赤き夕日が門(と)に沁めば嚴(きび)しきかなや妻子(つまこ)生きたり

戰爭(たたかひ)の世にありて何もまだ知らぬわが子の聲のとほる冬空

日(ひ)の本(もと)の今日は靜けき冬至ぞと黄に匂ふ柚子(ゆず)を手に取りて愛(め)づ

もの陰(かげ)に咲き群(むら)がれる石蕗(つはぶき)の黄いろきびしく年暮れむとす

春きはまる

海山（うみやま）の思ひをいかにか歌はむと苦しぶ時し春きはみたり

古事記纂録功臣

われは大和（やまと）の國民（くにたみ）ぞかし然るゆゑ低くしあらぬ思ひを繼げり

『金剛』抄

皇國頌

われは大和の生れにして古都奈良に住めり。
かかるえにしは假初のさきはひごとと思はれ
ねば、つねにかへりみて心に涙を垂るるなり
されば仰ぎて以て皇國を讃へたてまつる。

自　昭和十七年十月
至　昭和十八年十月

明治節

われは明治の少年ぞかし菊の香（か）にむかしを思ふこころ切（せつ）なき
あらた代（よ）の明治もすでに終れりと泣きしわらべの日も遠きかな

國光

大本營御前會議の御寫眞を拜し奉りて

おほやまと日高見(ひだかみ)の國のさかんなる春にあひつと涙かくさず

學徒出陣

學舍(まなびや)に二十歳餘(はたちまり)までありし身の幸(さち)に泣きつつ征(ゆ)くと言ふかも

たたかひに敗(やぶ)れて何(なに)の學(まな)びぞと眉(まゆ)あげて待ちしその日來(きた)れる

新春譜

昭和十八年新春の御勅題は農村新年と拝し奉りぬ。われは農家の生れにして農を知れり。されば大御心のかたじけなさはかかる戰争下なればこそ一入に深く身に沁みて感じ奉りぬ。

自　昭和十八年一月
至　昭和十八年二月

農村新年

みいくさに若子（わくご）をやりて荒田（あらだ）鋤（す）く田がへしびとも年祝（としほ）がふかも

山麓春

乏しかる年祝酒を酌みながら金剛山見ればこころすがしも

忠魂頌

戰爭は愈々苛烈を極めつつあり。聯合艦隊司令長官山本元帥は南の空に散奉せられ、山崎部隊また一兵殘らず北溟の孤島に玉碎せらるつたなけれども歌ひて以てその御靈に捧ぐ。

自　昭和十八年四月
至　昭和十八年六月

靖國の神

花すぎて世はしづけくも若葉せり今日し九段の大きみまつり

山本元帥

天（あま）がけり雲間（くもま）に入りし元帥の大きたましひをわれらあふがむ

梅雨（つゆ）ちかき空のくもりに面（おも）むかひ悲憤のなみだ落つるにまかす

金剛讃

わが家郷は金剛山下なる忍海の里にして、記紀にも記録せられて由緒あり。既に離りて二十年を經しが、昨今望郷の念やうやくしげく時に歸住を思ふさへあれど未だその機至らず

自　昭和十八年五月
至　昭和十八年九月

金剛抄

晴れ澄みて金剛（こんがう）の山大いなりなにをこちたき文藝の徒（と）ぞ

言立（ことだて）のわが若き日を思ふさへ金剛（こんがう）の山いよよいかしき

秋風裡

たたかひはいよよ身近（みぢか）に迫れりと生命（いのち）にちかふ金剛（こんがう）ごころ

草庵雑歌

われは愚かにしてわが業いまだ成りがたきを
歎ず。されば愈々頑になりて茅屋の中に閉ぢて暮らせど、今は大いなる戰の世なり。よろこびも悲しみもまた草庵の内外にしげし。

自　昭和十六年六月
至　昭和十八年十月

草刈奉仕

しひてわがこころ懺悔(さんげ)はなさねども仰げば高し秋の山みづ

春夏篇

われは旅を愛すれども旅に出でゆく風流人にあらず。ただ心を四季の風物に委ねて日常の思ひを述べむとする古き形の歌詠みぞかし。
春と言ひ夏と言ふとも奢り心はあらぬなり。

花鳥圖

自　昭和十八年四月
至　昭和十八年七月

微（かすか）なる民のひとりと思ふだにわれ恥づるなきおこなひぞせむ

秋冬篇

われもいつしか四十路びとたり。悟り入りしにあらねども念願は心を清純に保たむことなり。今年病に臥してよりそを思ふ心更に切々たり。さるにても心かなへるは秋と冬なり。

自　昭和十七年十月
至　昭和十八年二月

秋のひびき

いや切（せち）に精神（こころ）やしなへ秋天（あきぞら）の澄みきはむときに山は高きぞ

ちぎれ雲

つつしみて朝夕（あさよ）をあれば飲食（おんじき）の偈（げ）をとなへてや箸（はし）もとりける

寒日觀佛

用のなき歌をつくりて男（を）ざかりもいつか過ぎむと歎きはふかし

『紅梅』抄

春鳥鳴吟

春鳥(はるとり)はまばゆきばかり鳴きをれどわれの悲しみは渾沌(こんとん)として

インテリと罵(ののし)られ無産者運動に加はらむとしき二十年前(にじふねんまえ)は

歐洲に行かむ願望(ねがひ)もむなしくて貧(ひん)に過ぎ來しあはれ二十年(はたとせ)

どろどろの生命(いのち)もて何をねがひしか悲しけれわれが昭和のはじめ

敗戰はかなしけれども眼(め)をぬぐひ今年の花はうつくしと見よ

極寒の日

敗(ま)くるべき戰(いくさ)とは思(おも)へ然(しか)もなほ生命(いのち)をつくし來(こ)しが悲しき

いはれなく吾を苦しめし一つにて捕はるべしと噂されたり

かくなれば心を決むるほかなしと眼を落とし菫の花も歌ひつ

戰爭の日には右往左往してわが身ひとつをかばひをりしか

敗れたるもの

いきどほりやむ時もなし春かへり花は咲くとも國は敗れつ

二月三月

無茶苦茶の世となれと曾て叫びしがその世今來てわれを泣かしむ

齋藤茂吉氏におくる

週刊朝日に掲げられたる齋藤茂吉氏疎開の
寫眞を見て歌へる

みちのくの最上(もがみ)の川の岸べ行く齋藤茂吉さびしきろかも

敗れたる國にはあれど君が歌讀みうる幸(さち)ありさびしと思(も)はず

青山の病院も必ず建(た)て給へ且(か)つ論戰もやめたりしますな

飲食の歌

今はとて餓鬼(がき)の類(たぐ)ひとなりたるか一尾(いっぴき)の鰈(かれひ)骨(ほね)まで食(く)ひぬ

もの言はぬ河原(かはら)の石を見てをりぬ物言はぬ石はもの食はざらむ

甘藷の歌

たはむれに歌ひしといふにあらず、又諷刺俳諧の
心にもあらず、甘藷の歌をと求められしままに

ひとたびは戰(たたかひ)勝(か)てと勢(きほ)ひしが今は甘藷(いも)食(く)ふばかりなりける

脊(せ)ぐくまり爐(ろ)に甘藷(いも)を焼く寒き夜は況(ま)して疎開の妻子(つまこ)思ほゆ

わが植ゑし甘藷(いも)はみのらず用のなきわが如き蔓(つる)や葉がしげりたり

『積日』抄

朝木集

鳥取まで

四月三日山陰線

いきどほる心もあらず無頼（ぶらい）なる人間の徒（と）となりて落ち行く

とどろきて汽車鐵橋を過ぎゐればその深き谿（たに）に咲く花も見ぬ

わが汽車に添ひて久しき但馬（たじま）なる朝來（あさご）の川に降る春の雨

海蟹をほぐして食へり妻子らとあられもなしに食ひ散らけたり

雪解

われに歌のをしへを乞ひしこの家の杉原一司兵にゆきてゐず

行春數日

まうへより春日照らせどわがあたま昏々としてものたのしまず

六月記

舞鶴にいそしみをれる女高師の學生をねぎらひ、それより又鳥取に家族をたづねて行きぬ

くりやなる水甕のへに來て立てりうす青の冷えのはや夏なれば

蛙

あはれにもシヨペンハウエル言ひたりし涙の谷に今日もわがあり

葛の花

八月十五日終戰、十八日鳥取に行き家族と共に暮らす

何に心を遣(や)らはばよけむ葛(くず)の花のくれなゐただれ黑みゆく野に

砂川のあさき流れにうたかたはかげもなく消ゆうたかたなれば

秋雨のふりけぶる野に憎しみぬ曼珠沙華の花今年は咲くな

砂の上

物言はぬわが日となりてしらじらと秋の河原(かはら)の石にまじれる

谷あひにおり來て秋のみづ飲みぬ手に淺くすくふその秋のみづ

峡の門

山かひの村は秋蠶（あきこ）のまゆごもりひとのこころを包むものあり

清雁吟

やぶれたる國に秋立ちこの夕の雁（かり）の鳴くこゑは身に沁みわたる

澄みわたる天（そら）のかなたに遠のけばなみだ垂りつつきかむそのこゑ

天（あめ）ゆくや地（つち）ゆくやおのれ知られねど相（あひ）たづさはり今をあゆまむ

野分

因幡は牛の産地とてどの家も一つ二つの牛を飼はざるはなし

秋ふかみ野山のひそみゆくときに角(つの)あるけものしきりに慧(さと)し

河

谷川のみづに洗ひてうつくしき秋のはじかみ生姜(しやうが)を見けり

時雨行

十一月十八日佐治の山峡に因州紙の製紙を見にゆくことあり

ながかりし旅のをはりと八頭(やづ)のおき智頭(ちづ)の川原の石をこそ拾へ

砂丘

十一月十五日、鳥取濱坂砂丘を見る、それより三朝、東郷、濱村の諸温泉に阿遊ぶ

たたかひにやぶれし年の秋ふけて因幡の國をゆき行くわれよ

冬

畑(はた)こえて炊ぎのみづを汲みてはこぶここの生活(くらし)も冬に入るなり

一年(ひととせ)を住みつきければ去りぎはにみちべの石を撫(な)でむとしたり

二十一年一月四日

餘部(あまるべ)の陸橋も過ぎて雪いよよ降りくらみあをき日本海見ず

いくたびか往(ゆ)き來(き)の汽車の窓に見し朝來(あさご)の川も遠くなりたり

殘滴集

吾子勉强

おちぶれし國の子供になりしかとわが子らかへりみる時もあり

不言抄

戰にやぶれて早くも一年を經ぬ、感懐まことに様々なれば

たたかひをまこと傍觀したりしやまこと傍觀せしならば言へ

秋禽

いつしかに天のはら冷えてをりをりはわれにかなしき鳥かげわたる

業

ごづめづが日比谷あたりに撲(う)ちあへばいよいよ見下(みさ)げはてたる國ぞ

『鳥取抄』抄

上巻

丹比淺春

八頭郡丹比村丹比驛前の杉原元治氏方におちつく。

をさな子の壽々子はすでに幾人（いくたり）か友をつくりて歌ふ聲する

うみたての卵食（た）うぶる眞晝にて四方（よも）の山より靄這ひくだる

下巻

穴鴨まで

昭和二十三年八月二十日、岡山縣苫田郡上齊原の夏期大學を終り、それより鳥取縣三朝溫泉に出でんとして人形山を越え、鳥取縣東伯郡竹田村、木地山に下り山峡數里の道を穴鴨まで歩く。穴鴨よりバス、夕刻三朝に到着す。保田與重郎同行。

たたかひに死にたる人の新墓(にひはか)もこの山の墓にまじりけるかも

三朝温泉

やぶれたる戰(いくさ)の年の秋を來て襤褸(つづれ)かさねてさぶくをりしか

大山

二十二日關金より米子に出で、登山バスにて大山部落に到り、夕刻大山ホテルに着く。翌二十三日大山々岳會長佐野勇一氏らの東道にて頂上を極め、下り來つて再び同所に泊り、二十四日米子に去る。

劒が峰より天狗峰へ

おのがじし山はしづかに雲巻きて大山のへにしたがふらしも

大山は火の山にして神棲めばぐるりを鎧(よろ)ふ外山(とやま)も荒き

『捜神』抄

飛簷（ひえん）

昭和二十八年

火の雲

切り炭の切りぐちきよく美しく火となりし時に恍惚とせり
散り来つる畳のうへの枯葉にて或る時は火箸もてはさみけり
運命はかくの如きか夕ぐれをなほ歩む馬の暗き尻を見て

春の夜深く

紅梅にみぞれ雪降りてゐたりしが苑（その）のなか丹頂の鶴にも降れる

心のうち

何ひとつ抵抗もせず生きをりと冬木の幹（みき）の心（しん）に棲む虫

涙の川

夙（つと）にわれを芸術至上主義者などさげすめる者も幾人（いくたり）か過ぎぬ

めいめいはみな極楽に入り行けや己れ勝手に茸など食ひて

古うらなひ

狛犬はみぎもひだりも雄（をす）なればみやしろの森に炎天を避く

夏行

みんみんはあたりを圧(お)さへ啼き澄めば夏草のなか従ふほかなし

萩すすき

浅き水にすすき風さとはしるさへ驚きやすく鹿の子のゐる

青杉の上行くわれは秋の日の宝石商か万(まん)の針持つ

野良犬を追ひ返すべく棒投げぬ棒かんと藪の竹に鳴りたり

秋の日澄めば

秋日青き杉に宝石商のわれがゐて手足に刺さる針限りなし

この真昼神われに助力するらしく庭の上の萩ひとりゆれうごく

昭和二十九年

豊けき髪

かくなれば敗けてをれぬと松の木の上にゐる赤鬼青鬼に対（む）く

鬼百首

によきによきと太柱立つ物暗き秋霖雨（あきつゆ）のなか笠もささずに

かたくなに瓦礫となるを厭はねば野の青草の量を押し来る

雲低く暗くなりしが祈りけりその上の空縹（はなだ）花に透きつ

わが足のおや指見をりこの形不逞ならずば無知に似つらむ

わが死にし後（あと）を言ひをる鴉らのかあをと鳴きてその舌しびる

何ものも吾を汚（けが）すなし朝発（あさだ）ちの門（かど）に深紅（しんく）の朝日うづ巻く

妻が洗ふうすくれなゐの秋生姜はじかみ見つつ心入り組む

うす白き茸のたぐひ踏みつぶし杉の木下に笠あづけおく

公園の夕映えどきを枯芝生踏みてくろぐろし杉に入りゆく

顔と顔をぶつつけあつてぺしやんこに潰れたる夢の泥の中なり

悲しみを堪へをりし日に鼻ぎられ額（ぬか）うがたれき鳥の如きに

或ときに塚穴の暗き石の香（か）のふと立ちまよひ来て我はゐず

憎みつつなほ捨てがたきわが家にて塵泥（ちりひぢ）の中に暗くなりけり

伸びやうとしをるか暗い大き芽よ床下の辺（あたり）こゑのあらぬに

この朝の季感荒立つ空気に触れ何しまひ忘れゐるか内らに

土間の隅の玉葱青き芽を吹きて貧窮の秋こころ静ならず

わが内にやはらかき物の芽生えくる植物のごと黄色の世界

いづかたの暗き隅（くま）わに押しやらばわれの忘れむ冬の蓄へ

おろかにて物のなべてを失へるわれを憎まぬは古き柿の木

苦しみて若死（わかじに）しける父を思へば梁塵いよいよ暗きが如し

わが坐りし石一つだに隠し得ぬ落葉なりしか夜更けて知りぬ

暗黒の夜の闇のなか家壁の外がはにバラのとげが青立つ

夕焼のにじむ白壁に声絶えてほろびうせたるものの爪あと

やぶれてはかくしあらむか額ひろく輝く天の貌も愛さず

天窓の底ひなく深き暗さをばのぞいてゐたり妻が見えくる

靄くらき寒き日ぐれを歩み来てこの牛の今は角を思はず

まじまじとわれを見つめて訴ふる茸のくらき目が土の面に

どろんどろんと朝太鼓鳴る犬の皮たるみたる如き天にあらずや

片ときも心しづまらぬわが身にて昼すぎ水の中に眼を開（あ）く

生きてゐる証（あかし）にか不意にわが身体（からだ）割（さ）きて飛び出で暗く鳴きけり

青きもの美しく細く入り来りこの部屋の壁に鳴く日ぐれどき

この家の棟木（むなぎ）の丈（たけ）をあこがれて庭の杉歎く二十年ぐらゐ

青ぐらき木の中にこもり夏経つつその実（み）熟する時のなき貌

一本（いっぽん）の枯木立ち首が折れてをり壁の灰いろに沈む時なれば

歎きつつ古寺の壁に記しけるよしなしごともわが死にて後（のち）

限りなく暗しみじんこの棲むところ水の上の軽き空気忘れぬ

百段(ももきだ)の石はしりくだり青水泥(あをみどろ)古池のなかの亀に見られき

こそこそと何物か逃ぐ土間の辺(あたり)すすけ柱の夕ぐれなれば

ふてくされ昼を寝つればはやひそと人らささめき帰る気配(けはひ)す

生木(なまき)らは海ながれ朝の渚べにただよひ着けど黄金仏(こがねぶつ)生(あ)れず

稲妻のしきりさす夜のわが臥床(ふしど)稲妻の香(か)の物わすれしむ

峡谷の紅葉散る寒き日の暮を固き石開けよなほし探ねむ

隣室に妻子の寝息しづまれば遅遅と星より運び来るこころ

物やはき音かすか鳴れば救はれて茸踏みつぶす人気(ひとけ)なき時

罵りて物叫びせるいつの日か天(あめ)の邪鬼二つ踏まへをりにき

嵐のあと野を低く来て土橋(どばし)わたる土橋のうへの黒き新土(にひつち)

幾たびか嵐過ぎしづけくなりし野に白痴の如く遊ぶ水見つ

ほこりじむ古き畳の黄色きに音なく目覚め午後のうつろさ

紙魚のごと気味悪きものつぶしつつ経(きやう)繰りひろげ誦(よ)む母の日に

カバン振つて深夜(しんや)の街を曲り行ける人物のなどか滑稽なりし

朝より黙りとほしてをりしかど不意に庭紅葉褒めており行く

不意に飛び立つ物あり神にあらざるやこの朝(あした)屋根は虹色にして

白痴みたいな樹木が傍(そば)に立つてゐて隙もこそあらね手足垂りくる

胸べより下(した)暗ければ紅葉落とし樹木のわれを逃げ急ぎをり

物欲の権化(ごんげ)たりし君が死をいたみ十把一束(ひとたば)の香(かう)をささぐる

かくなれば鬼でも蛇(じや)でも一色の朱(しゆ)に塗りつぶすほか勝目なき

おさへつつ捻ぢ伏せてをりこの時をわれは数行(すぎやう)の涙こぼしつ

ま向ひに白痴の如き枯木あればつくづく見惚れ杯を差す

ひだり神に憑かれ餓死(うゑじに)せむとする旅人を吠ゆる犬ごゑすなり

野のなかの杉の木の上に寒き日を鴉鳴きうすき舌からしをる

彼らまた徒党を組みて時じくの霰たばしる如く過ぎ去りぬ

背(せな)のなかに頭を入れて歩みをるのろのろとせるものの運命

角落ちてみじめになれる鹿なれどその嬬(つま)の鹿さげすまざらむ

われつひに萬策尽きて寝んとせり梁の上の鼠こちら向けるか

過ぎし日は幾らでも青山飛び越えき二度三度眼を失ひたれど

黒牛が木橋わたりゐる風景に川のうへの空は昼の月を懸く

草なかに入り来て仰(あふ)になるわれを天行く鴉うたがひをるか

海底の月青からむ襟立てて夜をまて貝のごとくねむりぬ

道ばたの丸太の上に脛垂らし子ら物言はずわが顔を見あぐ

妻よ子よ健康になれよ病まふ身は金戸(かなど)閉ぢて寝(ぬ)るも夜は壁の上

寒き日に石積み重ねものの隅(くま)つはぶきの黄がまぼろしに顕(た)つ

鬼どもの眼(め)を潰(つぶ)さむと青松葉むしりとり針の隙(ひま)もなく投ぐ

わが額(ぬか)にぶち当り割れし濁流の一条(ひとすぢ)は朱(あか)く天(てん)をはしりをる

いつの日か身を隠(かく)りをりし杉檜山(すぎひやま)かの北かはの臥岩(ふせいは)の辺(へ)よ

逃げ出でて雪の上はしる家鼠ぶるんぶるんと身を脹(ふく)らみぬ

いつせいにサイレンが鳴り午後の澄み水底の砂少し動きつ

この道になほ二三十年冬の日を薔薇（ばら）の朱実（あけみ）の玉かざる岩か

火の如くなりてわが行く枯野原二月の雲雀身ぬちに入れぬ

一鉢の冬すみれ花机（き）にのせて手につつむ燐寸の火ほどに愛す

珈琲茶碗に二羽の小禽（ことり）のとまれるを指（さ）し示し子の語る冬の日

岩のごと朱黒（あかぐろ）き雲の低くある夜をいつぱいに泣いて支へゐる

板囲ひして街なかの土採れりひろき穴なせばひとびと働く

わが上を飛び越ゆるとき鳴きにけむうしろ忽ち影清げなる

秋の夜も厨のあたり騒がしくもやし黄に萌えてさまざま託（かこ）つ

水すこしゆらげりほとわが息づけり曇（くもり）の下を石重ければ

少女らの「悪（あ）しきを払ふ」手ぶり見つかにかくにして今日も天国

岩よそこに平たくゐよと命じけり天（てん）の柱の暗くおりて来て

松老いて傾（かし）げる幹は池のうへ鶴ならぬ渉禽（しょうきん）水よりあがらす

穴ふかく掘りて鉄骨組みをればをりをり天の鼠か落ちむ

星の飛ぶ束の間も心ゆるすなくこの闇のなか牛に近づく

陰陽師の帰りしあとを塀のうち竹そよぐ音さびしみゐけり

板敷に煙草火を足ににじり消せるかの大工明日の朝も来らむ

意地悪き顔見せてすぐに隠れける冬の鼬の太くながき尾

身ぶるひて寒しと思ふ夜なか過ぎ天(てん)にあがる鳥の羽撃(はばたき)聞きぬ

かにかくに我はなかなか衰へず孟宗竹林(ちくりん)の風にむかひ行く

床下に猫がひそみてゐるらしくこの夜をひとり猫の身思ふ

恥づかしき思ひ事してつと出せる赤き舌梁の鼠見けむか

自狂(やけ)となる心おさへて寝んとせば夜学生帰る靴おときこゆ

梁上(りやうじやう)に昼を臥しつつ人けなしをりをり紫リボンをなびかす

今よりはわが身隠れむ隠れては見えざらむ花いよよ咲き輝(て)れ

天の馬

今われは何しをりしかうしろ向き背(せな)のあたりをさびしみながら

かくわれは貧(ひん)の磔(はりつけ)にあひながらまたがらんとせり天の馬の上

落葉踏みつつ

変節はたはやすかれど身にこもる神のなげきの一つこゝろ聞く

紙屑の如きものらを相手にし論争するは浪費ならずや

曼珠沙華

東京より来し少女らをともなひて萩なびく飛鳥古国(ふるぐに)を行く

氷雲の空

先つ日に死ぬべかりしが生ありてまた襤褸（ぼろ）を着て梅花（うめ）を見てをり

贈りもの

新しくひらけ来む世を頼めどもおづおづとして身のたのしまぬ

しばしばも己れを責めて罪なふもあはれはかなき罪なひにして

われいまださんげの涙ながすあり懺悔（ざんげ）の涙はああ言ひがたき

かなたなる氷雲（ひぐも）の奥のうす日ざしあな寒（さむ）と言ひて簷（のき）をはなれず

あな低く卑しくなりし顔よなとあたりを見ればわれさへありて

はてしなく心墜ちゆくときありて憎まねばならぬ世をば忘れつ

われかくてここに老いゆくほかなしと石よりも白く平たくをりぬ

高き榎

はづるなく身の貧窮をうつたへて戦後学者が年越さむとす

病間録

みづからに猿轡はめて試(ため)せるも無為の日の夜のすさびなりけむ

冬の亀

池底のどろどろを這ふ亀なれば亀はあはれに首もたげたる

あけぼのの鳥

二十年（はたとせ）のむかしはゲエリイ・クウパアのタイの縞柄も愛（め）でて結びき

かかはりありき

無一物になりて故郷に梅花を見る農地は全部解放したり

人間界

笠置シヅ子があばれ歌ふを聴きゐれば笠置シヅ子も命賭けゐる

氷菓

文学好きといふ見出しにて高校生の四人心中また報じをる

来む年は

来む年は何をなさむや希ひごと白き山茶花と言問ひをする

冬空の虹

死にぎははかくあるべしと氷雲(ひぐも)照る冬空の虹に眼を細めたり

涙

さまざまのよき死にをして終りたる昔びと思へみな凄まじき

新緑

緑蔭の恋語りながくつづきゐればわれの記憶をたどる蟻あり

新緑の朝なりたかく日の照るをまた狂乱の滅多斬りあり
戦争の餓鬼がまた来る人類の血をあますなく欲る餓鬼が来る

梅雨五十吟

「近代」をわれ憎めれど時勢にてその讃美者となぞへられて久し
われ死なばかくの如くにはづしおく眼鏡一つ棚に光りをるべし

寧楽紅葉吟

琅玕のみちに霰のたばしればわれ途まどひて拾はむとせり

神の如き火

をりをりは幽かなれども清らかにわが身響(な)り出づるよろこびのある

蒲の芽

水中に蝌蚪(くわと)くろぐろとうごきゐてわが心知らずみな歓喜せり

無用の棒

野を行くに棒あり無用の棒なれば手に取り持ちて一振りしけり

鳥ゆかば

我楽苦多は室(へや)の隅より責めゐしが寝しづまりてか真夜を音せず

『松杉』抄

大台

その花の白く清きを言ひにつつひらきて食へり朴がしはの鮓
かつてなき忍耐をわが強ひられて老木の梅をあはれみゐたり

雲（年頭）

らいだとは懶惰（らんだ）の田舎訓（ゐなかよみ）と知れ年頭に怒るわれのらいださ

冬の日

枯れ蔦（つた）のしじにからめる岩ほ見てわが身の裏が寒くなりたり
肝（きも）を召せ鶏（とり）の肝召して養へと更年期のをんな友達ら来る

寒霜

なりはひは印形（いんぎやう）づくりなりしかばわれに彫りくれし印形遺（のこ）る

浅き夢

若ものの肝執（きもと）りてわれも喰（くら）はむかわか者の肝臭しと思へど

平和

やうやくに老いは来しかと爪清め手を膝におきて坐りなほせる

『白木黒木』抄

新春

あたたかき正月よなと遠出して霜とくる飛鳥古国を行く

ことつづき

言連接点爾袁波(ことつづきテニヲハ)いかに枯れ蔦のしじにからめる壁を見つめて

冬の幻

さむざむと時雨する日に菊膾(きくなます)食(た)うべてゐればむかしに似たり

勿来まで

水戸の街過ぎがてに納豆のこと思ふその藁苞(わらづと)のねばく細きを

近江春

浜大津の宿に帰(かへ)さを一夜ねて春のしじみをあはれがりしか

枯れ蔦

父の齢(とし)すでに幾つか越えぬると冬くらき井戸を覗きこみたり

白木黒木

さむざむと時雨しをれば白木(しろき)黒木(くろき)などいひて室に戻り来るなる

嵯峨菊

くびれむと思ふ残亡(ざんばう)のわが身にて紅葉の奥の切(せつ)ぐるしかり

星まんだら

河豚（ふぐ）梳（す）き食ひて寝（い）ねしが今朝はやく魚養塚（うをかひづか）の寺をたづぬる

森の奥

空わたる鳥に肺癌ありやなしや聞くべくもなきあかつきの声

飛鳥冬

石舞台

あすか代（よ）の巨（おほ）いなる岩は岡の上に冬を盲（めし）ひて臥（ふ）すごとくある

修二会

達陀（だったん）の行法いましさかりにて摩訶不可思議の世ぞと目つむる

六月小情

みづすまし舞ひゐる池の辺にたちて昨夜(ゆうべ)の夢のはかなさ思ふ

稲荷初夏

あかあかとただあかあかと照りゐれば伏見稲荷の神と思ひぬ

お田植の神事近しと若葉かげ稲荷蛙子(かへるご)かいかいと鳴く

国なかの村

なまぐさき池の鯉食ひて寝(い)ねしかばその夜蟋蟀(しつしつ)よく啼きにけり

大和新年

かの年の元日なりけむ国勝てと畝傍みみなし香具にのぼれる

晩年に似る

われ久に心あらため机に凭るもカレンダーは古りて夏のままなり

寒くなりつつ

いつしかに寒くなりつつ今朝膳におこぜを食ひし骨を並べぬ

欠け朽ちて鰧のやうになりませるかの飛鳥仏の顔おもひ出づ

わが身さへわが歌さへが「追放」の憂き目みしかの寒き冬の日

玉

富人(とみびと)の番付(ばんづけ)をわが見てゐしがあはれなる春のしじみ汁食ふ

冬ひさしく怠りゐしと狼藉(らうぜき)のわが室に入り書(ふみ)につまづく

春

信心のうすきものらが山の辺の道よとただに北に過ぎゆく

金魚祭

幼くて台湾金魚とあだ名されしわが眼(め)もほそく弱くなりたり

白木黒木

葛城

葛城の夕日にむきて臥すごときむかしの墓はこゑ絶えてある

一言主

悪事（まがごと）も善事（よごと）も一言（ひとこと）かつらぎの神をすがしむ昔よりなり

松の花

みづからは老いしなどとは口せねど現実は確かに孫生れをる

雨の日

ゲバ持ちて闘ひゐるをあるときにすがしみぞするこの世憎めば

屋根の上を我は恐るる夜半の雨踏みはづし黒馬落ちはせぬかと

白鳥抄

大和なる琴弾原(ことひきはら)のみささぎとむかし知りしを合歓(ねむ)が咲きゐる

伊豆にて

北条政子産湯(うぶゆ)の井戸といふがあれば餅売姥(もちうりうば)の墓もありたり

人ならぬ鹿

気まぐれな鹿よと見をり朧夜の若草山をのぼりゆく一つ

西行庵

愛染をくだり来て吉野才谷（さいたに）に秋のするゑなる天（あめ）の魚（うを）食ふ

ひんがしの火

いにしへの奈良の京（みやこ）の二条路のなれの果てよと住み古りにけり

おつくう

この朝を地団駄踏みしごときなる時雨に濡れていてふ落葉は

いまさらに地団駄ふむも詮なしとひとにはいへかこころ歎くに

「おつくう」は億劫（おくこふ）にして億年の意としいへればこころ安んず

梅雨久し

われ不意に立ちあがり手をば腰にとり下半身の運動しはじめたり

涼気

觔斗雲（きんとうん）に乗りてゆくともかなはじと眼をつむる遙けき夕焼の空

晩秋

ふるさとの葛城の郷（さと）を遠望（とほのぞ）み眼のかすみくる齢（とし）とりにけり

われ奈良を去る日近しといはなくにをみなの友ら来て涙ぐむ

志賀大人（うし）に戒められし奈良住まひいつしか腰に苔生えにけり

葛城の郷（さと）にうまれてわが鈍（おそ）の奈良のくらしも四十年経（へ）ぬ

湯をたぎらせ我の愛（を）しみし箱火鉢も我楽多（がらくた）となりて蔵の中にあり

古吉野

新聞の歌えらぶため上京すなれのはてなるわが身歎けど

思へどもむかしにかへるすべもなし久米仙人の寺あとを過ぐ

『天上紅葉』抄

昭和四十六年

相模の海

古国をのがれ出で来て富士見ゆる家に住みつくいのちありたり

東の壁

かすかなる地震（なゐ）ゆりしあとを家出でて松林ゆく松林青き

寄せ返し寄せ返す波を執念（しふね）しと心なげきすむかしよりなる

われの日はきさらぎ五日梅咲けど何ものか烈しく復讐しをる

年明けて奈良は二度目の雪ふるとひと告げて来ぬ猿沢の亀よ

われつひに故郷をのがれ出で来しと居然たり暗き冬海に向き

相模なる荒き水にもやや慣れて我のかなしききさらぎに入る

二上（ふたかみ）の当麻（たいま）の染野（しめ）のおん僧は冬をいとへとポンチョ送り来る

ふるさとの家出でて奈良の仮住（かりずまひ）およそ四十年たのしまずけり

日日徒然

われふいに魚養塚（うをかひづか）を思ひ出づその寺の暗き星曼荼羅も

昭和四十七年

秋の日

ふるさとの葛城あたり遠のぞむ一日（ひとひ）ありけり秋の霞は

早春

過ぎし日を今のうつつにかへせなどいと悲しきせんもあらぬに

浅き夢

石仏は年古りゐたりたふとべば寺に返してわたくしをせず

をさな子が盥（たらひ）にかへばエビガニにおたまじゃくしはすぐに喰はれつ

如月

ひんがしに去ぬよと大和の空を過ぐわれの悲しき故郷の空

昭和四十八年

四月某日

十抱(かか)への巌(いはほ)が枝(えだ)を延(は)えしごと神代(じんだい)ざくら咲きてしづけし

手帖より

歌つくるすべを忘れて久しかりこの家のなか鼠ひとつをらぬ

夜半ふとも思ひ出(で)て包(つつみ)ほどきけり三年目に見る小飛鳥仏

海近く

この朝け用あるごとく家出でて連翹（れんげう）に降る春雨見をる

奈良にては見ともかなはぬ紅（くれなゐ）の夕焼けの富士が松の木の間に

ふる葛城

益（やく）もなき歌つくりめがおそ夏のふる墓みちに老の汗垂らす

ふるさとの墓寺（はかでら）に来てわが建てし供養塔を拝む蟷螂這ひをる

昭和四十九年

夢むかし

生あらばはや五十歳かおとうとよ三高の文科三年なりしを

むかしわが持田なりしを炎天に機械入れ宅地造成しをる

酒まつり

神の醸(か)みし御酒(みき)たまはりて秋の日を酒造りびともほのと酔ひをる

酒の名はいづれもめでためでたかる酒造りびとの祭ぞ今日は

消息（二）

わが書斎狭きをよしと籠りをれど物の乱れて横にもなれず

竹柏園(なぎその)の信綱の弟子のひとりなれば庭に常葉(とこは)の竹柏(なぎ)を植ゑゐき

海近く

平城（なら）の代（よ）のむかしをいふもこの過ぎし戦（いくさ）の後は夢の如しも

涙ひとつひそとぬぐへり海の奥（おき）かへりゆくへもあらぬ思ひに

うしろより誰（た）ぞや従（つ）き来（く）と思へどもふりかへらねば松風の道

白鳥と化して何せんあなたなる山なみ澄みて天（そら）たかかれど

机の上に独楽まはりをり夜なかなる妻子も知らぬ我の遊びは

昭和五十二年

冬

大和をば遠はなれをれどをりをりは目にししぬばゆ三輪の神山

昭和二年冬、本郷西片町

つと立ちて睾丸火鉢したまへば弟子のをみならくすくす笑みぬ

昭和五十四年

即興、ひとに答へて

さきがけてゐるとは露も思はざりし遊び暮らしてすでに晩年

昭和五十六年

はるけかるかな

ある夜ふと笠置山の大き磨崖仏(まがいぶつ)を思ひ出だしぬ弥勒(みろく)なりしか

昭和五十八年

逆浪

十二月二日はわが師の信綱忌香を薫(た)き染(し)めつつしみてゐる

望郷

ふるさとは遠きにありて思(も)ふものと誰(たれ)いひけむか悲しもわれは

昭和六十二年

三原山噴火

この松は老木にしてこのわれをもたれしむるにほどよきひね木

年の暮れまで

われ今し独りごと言ひぬ独りごと何なりにしや寒き日ぐれに

昭和六十三年

海濱正月

葛城の山ふもとなるわが家は火に燃えにしが今いかがある

目覺めて

窓のべに神のつかひの鳩が来て苦しむわれを慰むるごと

われ一人夜半に目覺めて朧なる松の間の月をあふぎをりたり

解説

三枝昂之

（一）忍海という風土

明治三十六年（一九〇三）二月五日、前川佐美雄は大和に生まれた。立春の日だった。「われの日はきさらぎ五日梅咲けど何ものか烈しく復讐しをる」と詠んだのは大和の国を離れて茅ヶ崎に移り住んだ最初の春、昭和四十六年である。なにが復讐しているのか。「何ものか」だから分からないが、大和の民佐美雄にとって東下りはどこか流浪の民に近いおぼつかない思いがあったのではないか。

生地は奈良県南葛城郡忍海村大字忍海字高木（現在の葛城市忍海）。『日本書紀』歌謡に「大和辺に見が欲しものは忍海のこの高城なる角刺の宮」と歌われた角刺宮址は生家のすぐ裏手である。忍海(おしみ)は大阪と奈良を隔てる葛城山脈のふもと、西に葛城山と金剛山を仰ぐことができる。母親の里を葛城山麓に持つ司馬遼太郎は、「そんな――いわば無為にちかい――土地柄のなかから、折口信夫や保田与重郎、さらにはわが前川佐美雄といった、他と比較を絶した詩魂がうまれたのは、ふしぎな気がする。共通しているのは、いずれも大和の土の霊に根ざし、人というより、巨樹をおもわせるところである」（「日本歌人」平成三年七月号）と、佐美雄の風土を語っている。

その「大和の土の霊に根ざし」た佐美雄の前川家は「代々農林業、地主で、祖父の佐重良は一族の長老として東西北分家にも采配を振るっていた」（前川佐重郎編「前川佐美雄年譜」、「日本歌人」平成三年七月号）。前登志夫が「師匠は地主であり、貴族である。わたしは山人であり、土民である」と誇張気味に語っている。前登志夫は吉野の山林地主であり土民とは言えないが、ともかく佐美雄は前が嘆くほどの環境の中の、前川本家長男として生まれたわけである。しかしながら、この申し分ない環境は、やがて、大地主の家を襲う時代の大波を直接双肩で受け止めなければならない立場に佐美雄を立たせることにもなる。そのことは、佐美雄短歌の起伏の大きさと無縁ではない。

（二）出発

佐美雄の「心の花」入門は大正十年三月である。作品は翌四月号から掲載され始めた。この年の「心の花」誌上に載った作品を見ておこう。

沈丁の匂へる椽のあたゝかく頭いたみて戀ひ悶えける　四月号

上の句は春の温かさだが、下の句で意表を突くように飛躍、青春のヒリヒリを思わせて、のちの佐美雄の片鱗が窺える一首である。「心の花」という活動拠点を得た佐美雄は精力的に歌作、六月号六首、八月号九月号十一月号は同人格の八首と早くも頭角を現し、十二月号からは石槫千亦らと並ぶ巻頭作品欄の歌人である。

此日頃繪を描くことも懶くて青磁のかめの冷たさを戀ふ　八月号

妹が化粧の鏡すみとほり葉鶏頭うつる夏の朝かも　九月号

この心悲しきものぞ罅入れる窓の硝子に紙張りておく　十二月号

青磁のかめの冷たさ、澄み透る鏡。デリケートな感受性がこの歌人の特徴と教えている。三首目は自身の心を罅の入ったガラスに形象化し、紙で繕うという応急処置をするところに、手探りするほかない青春の危うさが表れている。

佐美雄の最初期作品集「前川佐美雄青春歌集〝春の日〟以前」（「短歌研究」昭和三十八年八月号）の巻頭に次の歌がある。

若き日の生命（いのち）かなしと繪筆もち丸き鏡にのぞき入りけり　大正九年

「心の花」以前の作ということになるが、八月号作品「この日頃繪を描くことも…」を重ねれば、絵画と短歌、両方への関心を二首は示しており、そこに初期佐美雄の特徴の一つがあることがわかる。

ここまでの最初期の佐美雄の世界を粗く〈個性的な近代短歌〉とまとめておこう。

翌年、大正十一年四月に佐美雄は上京する。上京の目的を「心の花」六月号の会員消息欄は「奈良県なる前川佐美雄氏は絵画研究の為上京せらる」としている。東洋大学東洋文学科に入学しての上京だから本来は「大学で東洋文学を学ぶため」と報告するところだが、佐美雄自身が「絵画研究の為」と説明したのだろう。佐美雄は数え年八歳のときに水彩画を描き始め、十一歳の時に初めて短歌をつくった。佐美雄を「心の花」に導いた辰巳利文は「その頃の君はほんたうに子供らしい態度に見えた。絵の方面の話と歌の方面のはなしをもつて私の家へ来た」(「心の花」大正十一年一月号)と一年前の出会いの頃の佐美雄を語っている。佐美雄にとって絵は短歌と同様に大切だった。前年の「心の花」の「この日頃繪を描くことも懶くて…」もそのことを示している。そしてこの関心が歌人佐美雄の変貌に大きく作用する。

上京五ヶ月後の九月、佐美雄は上野の第九回二科展で古賀春江の受賞作「埋葬」と出会って感動し、古賀のキュビズム的表現を通して新興芸術に関心を持ち始める。小高根二郎『歌の鬼・前川佐美雄』はそのときの佐美雄の感動を「その異色さは付焼刃でない、本質的な何かを内蔵しているようであった」と記している。私が調べた範囲ではそのときを佐美雄自身が語った資料はないが、小高根が示した佐美雄の感動は信頼していいだろう。昭和五年に刊行された歌集『植物祭』の装幀は古賀春江が担当しており、その斬新な装画がモダニズム短歌集としての『植物祭』をアピールしている。古賀が亡くなった翌年の「日本歌人」第一巻七号の「古賀春江」の次の記述もそのことを裏付けている。

「埋葬」は五十号大の油で大正十一年の二科展で問題になつた作で云はば故人の出世作である。(略)日本の多くの超現実主義の画家が大抵付焼刃的であつたのに対し、故人だけは本物であつた。

では、その本物の超現実主義の画家との出会いは佐美雄作品にどんな変化をもたらしたのか。「心の花」の佐美雄作品を追ってみよう。

①ほがらかに笑へり我と驚けばまた寂さが身のまはりなり　大正十三年十月号

②壁にかけし鏡ひとつにほこりづく室（へや）のこゝろが落ちゐるらしも　大正十五年二月号

③押入の襖をはづし疊敷かば變つた恰好の室になるとおもふ　昭和二年四月号

④四角なる室のすみずみの暗がりをおそるるやまひ丸き室をつくれ　同

⑤丸き家三角の家など入り交るむちやくちやの世がいまに來るべし　同

①には自分を見つめるもう一人の自分がいる。啄木が得意だった発想だが、『植物祭』の佐美雄の特徴でもある。はっと気が付いて寂しさに戻る。その「寂しさが身のまはりなり」が不思議な実感を生かした表現だ。②は鏡に映ったのが部屋ではなく、部屋のこころと見たところに数年後の昭和に入って顕在化するモダニズムの気配があって注目させられる。この時期の佐美雄作品は繊細な美意識に特徴があり、それは生涯を通じた特徴でもあった。その佐美雄に明確な転機が訪れたことを示すのが昭和二年四月号「暗示」十首、その中の三首が③から⑤である。

昭和五年の「心の花」六月号と七月号に佐美雄版の短歌革新論というべき「真の芸術的短歌は何か」がある。「今日の短歌は余りにも同一方向からのみ眺められている」とまず歌の現在を批判、革新のための方法が必要だと主張する。ではそれはどんな方法か。「答へはたゞ一言である。曰く『新しい角度から見る』たゞそれだけである」と単純明快である。押入れを畳の部屋に変える③はいわば、その方法を先取りした歌である。昭和二年六月号には「室のすみに身をにじりよせて見てをれば住みなれし室ながら變つた眺めなり」があり、これも「新しい角度」が生んだ風景である。④は過剰な神経が日常的な風景を忌避しており、⑤はそれを世間的な規範の否定に拡大して常識に揺さぶりをかけ、「むちやくちやの世」を引き寄せている。これらにはモダニズムが持つ現実否定と破壊願望がひりひりとした皮膚感覚の中に生きている。

少し視野を時代に広げてみよう。大正十二年九月一日の関東大震災は文芸に大きな影響を与えた。震災後の動きを年表で追ってみよう。

大正十二年九月、関東大震災により雑誌の廃休刊多し。

大正十三年四月、北原白秋・土岐善麿・前田夕暮ら「日光」創刊。文壇に新感覚派おこる。

大正十四年五月、西村陽吉・渡辺順三ら「芸術と自由」創刊。

大正十五年一月、「芸術と自由」参加者を中心に新短歌協会創立。三月、島木赤彦没。

昭和二年十二月、「日光」廃刊。＊無産者短歌広がる。＊金融恐慌始まる。

昭和三年九月、坪野哲久・前川佐美雄ら新興歌人連盟結成。十一月、大塚金之助・渡辺順三・坪野哲久ら無産者歌人連盟結成。

昭和四年五月、『一九二九年版プロレタリア短歌集』刊行、七月、プロレタリア歌人連盟結成。十一月、斎藤茂吉・前田夕暮ら朝日新聞社機に乗り「空中競詠」を行う。＊自由律新短歌盛んになる。

昭和五年七月、モダニズム短歌を代表する前川佐美雄『植物祭』刊行。九月、『一九三〇年版プロレタリア短歌集』。＊世界大恐慌始まる

昭和六年一月、前川佐美雄・石川信夫・斎藤史ら「短歌作品」創刊。＊九月、満洲事変起こる。プロレタリア短歌の「詩への解消論」おこる。

三省堂『現代短歌大辞典』年表の摘録とその補足だが、ここからは大正期までの短歌の土台が関東大震災を契機に大きく軋んで、新しい動きが広がる様相が浮かび上がる。都市の崩壊が新しい都市景観を生んで詩歌の新しい表現を刺激し、経済の混乱が広げた社会不安に呼応するようにプロレタリア短歌運動が盛んになった。こうした時代の変動期を反映して佐美雄の短歌も大きく動いた。「心の花」の昭和三年作品を追ってみよう。

⑥また敵だ追（お）つ拂（ぱら）へ追（お）つ拂（ぱら）へといつしんに氣違（きちがひ）のやうになつて今日も生きてる　四月号

⑦深夜（しんや）ふと目覺（めざ）めてみたる鏡のそこにまつさをな蛇が身をうねりをる　五月号

⑧東京のをんなよ君らの銀座街をいま女工らはうたひながら行く　十二月号

⑨からからと深夜にわれはわらひたりたしかにわれはまだ生きてゐる　同

⑩突發した大罷業の知らせがつたはつて今宵の演說會は沸きあがる騷ぎ　同

⑪會場にはいりきれず街頭にあふれてる群衆ははげしくうたふあり　同

⑥⑦⑨は『植物祭』に、⑩は昭和四年の『プロレタリア短歌集』に収録され、⑪もはっきりとプロレタリア短歌である。

こうして「心の花」作品を追ってゆくと、大正末期から昭和初期の佐美雄の軌跡は次のように整理することができる。

伝統短歌→モダニズム短歌→モダニズム短歌＋プロレタリア短歌→モダニズム短歌（＝『植物祭』）。

同じ「心の花」の石榑茂（のちの五島茂）は「短歌雑誌」昭和三年二月号から十二月号まで「短歌革命の進展」を連載、その「はしがき」で「社会不安の空気は、すでに一般芸術界をひたして吾々の従来拠り来たつた現実観そのものの根本的変革を要求している」と短歌革命の必要を強く主張して注目を集めた。佐美雄は歌を作り始めてすぐに「心の花」に入会した頃を振り返って、「そのころ私が一番信頼していたのは石榑茂氏（今の五島茂）であつた」（「短歌研究」昭和三十四年八月号「青春歌集・春の日以前」後記）と述べており、佐美雄のプロレタリア短歌志向も石榑に刺激された可能性が高い。

こうした佐美雄の初期について、「日本歌人」平成三年七月の「前川佐美雄追悼号」で五島茂は「プロレタリア短歌からカメレオンのすばやさで芸術派にもどった」と振り返っている。「カメレオンのすばやさで」には佐美雄の変わり身の早さへの揶揄も感じるが、「日本歌人」の母胎となった佐美雄を中心とした歌誌が「カメレオン」だったことを踏まえてもいる。「芸術派にもどった」とはプロレタリア短歌に先行する芸術派佐美雄を見ているわけで、軌跡としては正しい把握である。

(三)『植物祭』の世界

昭和五年七月十日、これが佐美雄の第一歌集『植物祭』の発行日である。古賀春江が描いた奇妙な植物の装画はとびっきり斬新で、この歌集にかけた佐美雄の意気込みをよく反映してもいる。

かなしみを締めあげることに人間のちからを盡して夜もねむれず　「夜道の濡れ」

歌集巻頭歌である。かなしみで夜も眠れない。歌はそう言っていて、情緒的な主題だが、〈かなしみをこらえる〉あるいは〈かなしみを乗り越える〉といった表現ではなく、〈かなしみを締めあげる〉を選んだところに表現上の斬新さを求める姿勢が表れている。

床の間に祭られてあるわが首をうつつならねば泣いて見てゐし　同

自分の首が床の間に祭られていて、それを首なし男が泣きながら見ている図である。「うつつならねば」と断りをいれて、そんな奇妙な夢を見たとも読める。しかし〈首なし男が自分の首を見る〉という構図にはシュールな自己客体化の視線があり、近代写実からの明確な逸脱である。

なにゆゑに室は四角でならぬかときちがひのやうに室を見まはす　「四角い室」

丸き家三角の家などの入りまじるむちやくちやの世がいまに來るべし　同

なぜ部屋は四角でなければならないのか。現実に対する違和感が部屋の形への違和感を通して詠われていて、二首目ではそれが世間的な規範全体への否定に広がっている。

　いますぐに君はこの街に放火せよその焔（ひ）の何んとうつくしからむ　「樹木の憎悪」

現実への否定感情が破壊感情へと高揚している。プロレタリア歌人前川佐美雄の政治主義的な破壊感情が詩の読み応えを伴った美的な破壊に変奏された作品と詠むこともできる。

　ひじやうなる白痴の僕は自轉車屋にかうもり傘を修繕にやる　「白痴」

傘は傘屋に出さなければ修繕してもらえない。その自明を僕はやらない。なぜか。世間的な常識を否定するためだ。そのために白痴になる。白痴になれば日常的規範すべてから解放されて自由な新鮮さになれる、と歌は主張している。そこには旧来の芸術は劇的に変える必要があるという意識がある。『植物祭』を特徴付けるキーワードは〈きちがひ〉〈白痴〉である。〈白痴〉は時代の有力なキーワードでもあって、昭和四年に出た中原中也や大岡昇平たちの同人誌が「白痴群」だった。当時の新しい芸術運動を担おうとする青年たちにとって、〈白痴〉は旧芸術を打破するためのキーワードの一つだった。

　こうもり傘を自転車屋に出す歌にはロートレアモン『マルドロールの歌』が連想されるし、「君はこの街に放火せよ」には神原泰訳マリネッティ「未来派宣言書」が張り付いている。『植物祭』の作品群は小説における新感覚派、詩におけるダダイズムやシュールレアリスムの摂取が可能にした世界であり、成果でもある。そこに昭和初期の潮流に果敢に分け入った佐美雄の面目がある。

しかし、短歌におけるモダニズムを代表する歌集として『植物祭』を位置づけるときには、もう一点、欠かすことの出来ない要素がある。

横ばらをぐさりと刺してやるなんてとんでもないこと。だが我にある　「心の花」昭和三年五月号

横腹をぐさりと刺してやつたならあいつはどんな顔するならむ　『植物祭』

また敵だ追つ拂へ追つ拂へといつしんに氣違のやうになつて今日も生きてる　「心の花」昭和三年四月号

また敵だまうたまらぬといつしんにきちがひのやうに追つぱらひゐる　『植物祭』

初出と歌集収録歌である。前者における修正は結句の「顔するならむ」。この文語体に注目しておきたい。後者は自由律志向から定型志向への変化と考えていい。

昭和初期の新興短歌（モダニズム短歌とプロレタリア短歌）は文語定型を否定、口語自由律志向だった。昭和四年の四歌人の飛行体験から生まれた前田夕暮「自然がずんぐ〳〵体の中を通つてゆく。山、山、山」、斎藤茂吉「電信隊浄水池女子大学刑務所射撃場塹壕赤羽の鉄橋隅田川品川湾」などが定型表現では間に合わない世界と感じさせ、伝統派にも自由律が広がっていた。

そうした趨勢の中で佐美雄は自身の口語自由律志向を文語定型志向にスライドさせた。より正確に言えば、〈口語志向の文語定型派〉という奇妙な場所を佐美雄は選んだ。

丸き家三角の家などの入りまじるむちやくちやの世が今に來るべし

ひじやうなる白痴の僕は自轉車屋にかうもり傘を修繕にやる

「むちやくちやの世が」と言って「今に來るべし」と現代語的文語で受ける。そして「白痴の僕」を「ひじやうなる」と形容する。ここには文語の凝縮力が定型表現には必要という判断がある。当時の少数派だったその選択にこそ『植物祭』の特色があり、昭和末期に一大ブームを起こした俵万智『サラダ記念日』の特徴の一つが文語と口語のミックス表現だったことを思い出すと、『植物祭』はその先駆的なトライだったことがわかる。

（四）新古典派へ——『白鳳』から『大和』へ

昭和前期の佐美雄歌集を刊行順に並べると次のようになる。

昭和五年七月『植物祭』（２）
　　十五年八月『大和』（４）
　　十六年七月『白鳳』（３）
　　十七年三月『天平雲』（５）
　　十八年一月『春の日』（１）

カッコ内の数字は作品の制作順を示している。最初のカードが『植物祭』という選択はよく分かる。時代の最先端を担おうという意志表示だから。そして十年後のカードが『大和』だったことも、その時点におけるより新鮮な最近作でと考えての選択だろう。『植物祭』から『大和』へ。これは刺激的な変化であり、選択としては正解だった。そのために後出しの『白鳳』の印象が弱くなってしまった。しかし、『白鳳』は脇役歌集とするのは惜しい世界である。

野にかへり野に爬虫類をやしなふはつひに復讐にそなへむがため　「億萬」

いきものの人ひとりゐぬ野の上の空の青さよとことはにあれ　同

植物はいよいよ白くなりはててもはや百年野にひとを見ず　同

野にかへり春億萬の花のなかに探(さが)したづぬるわが母はなし　同

「億萬」一連から四首。一首目は歌集巻頭歌である。『植物祭』の「丸き家三角の家などの入りまじるむちやくちやの世が今に來るべし」が示すヒリヒリとした否定感情はここにはない。あるのはもっと内面化した否定、否定と言うよりも深く根を下ろした世界への違和、原初的な孤独だろう。都市から野へという場所の転換もその印象を強くする。

『白鳳』作品の制作時期を後記は「昭和五年の春から同十年に至る五、六年のものから採つた」と説明している。この時期の佐美雄の動きは激しい。まず六年に「短歌作品」という歌誌を創った。佐美雄を中心に石川信雄、木俣修、早崎夏樹、斎藤史と個性的なメンバーである。この歌誌を木俣修『昭和短歌史』は「定型を守持する芸術派の集合したはじめての雑誌」と位置づけている。ところが「この雑誌は休刊のしつづけであり、後に雑誌の名を変へたりしたが、これも号数と言へば知れたものである」と『白鳳』後記は語っている。昭和八年に名を変えたその雑誌が「カメレオン」、翌年には「日本歌人」創刊となる。つまり粗く整理すると、「心の花」という母胎を離れて「日本歌人」という自前の基盤を創るまでの試行錯誤の時代、それが『白鳳』の背景でもあった。その『白鳳』に注目すべき一連がある。「恢復期」と「誕生日」、初出は「短歌作品」である。

どこを見てもどこを眺めてもまつ白い景色なりもはや絶望となる　「恢復期」

何んといふ遠い景色を眺めゐるああ何も見えぬ何んにも見えぬ　同

うまれた日は野も山もふかい霞にて母のすがたが見られなかつた　「誕生日」

ふかいふかい霞のなかにのびあがり何んにも見えない景色見てゐた　同

どこもかしこも深い霞のなかなるをおぼろに母もかすみはじめた　同

『植物祭』を出した後、佐美雄は渡欧を計画した。西欧文化を直接吸収して『植物祭』のあとの展開を図ろうとしたのである。しかし腸チフスに罹り、昭和五年十二月から六年三月中旬まで入院生活を強いられ、渡欧計画は挫折した。『白鳳』の「三寒四温」には「何もかもまつ白い室にねむらされ五十日後には青空知らぬ」「白い室の白いベツトに眼がさめて忘れはてたる青空をさがす」といった病中詠があり、それを受けた「恢復期」もいわば病中病後の作品ということになるが、「三寒四温」が病室に張り付いた世界であるのに対し、掲出歌は病室を離れた抽象的な世界である。その「ああ何にも見えぬ何んにも見えぬ」という嘆きが、見えない原風景へと遡る「誕生日」へと広がる。

「誕生日」掲出一首目は、世の混沌のなかに生み落とされた〈私〉が見た最初の風景である。それは野も山も母さえも深い霞に呑み込まれて、何も見えない風景だった、と歌は言っている。二首目は生まれ落ちた〈私〉が最初に行った行為である。霞の向こうの風景を見ようと伸びあがるが、伸びあがっても世界は霞に閉ざされたまま、と三首目に続く。

一連が伝えるのは原風景としての霞の深さである。すべてが霞に閉ざされた風景、そのなかへ一人投げ出された者の、混沌とした原初的な身体感である。この〈霞のなかの混沌世界〉を手に入れたとき、佐美雄は『植物祭』のモダニズムを内在的なものへ血肉化し、独自の形で歌に根づかせた。強いて整理すると、『植物祭』の異質を受け継ぎながら、詩的風景としては『大和』を先取りした世界。それが『白鳳』である。このエネルギーの混沌は、佐美雄歌集の他では代替できない世界である。

昭和八年二月、佐美雄は東京生活にピリオドを打って奈良に帰った。前年十二月に父の佐兵衛が亡くなり、家長として前川家を背負うためである。以後、昭和四十五年に東国相模に移るまでの三十七年間、奈良に腰を据えることになる。

帰郷後の佐美雄は「短歌作品」を「カメレオン」に改組したが散発的な発行にとどまり、一大決心をして「日本歌人」を創刊、定期刊行を目指した。昭和九年六月の創刊号に寄せた小林秀雄「短歌について」は次のように指摘して結ばれる。

短歌は、今日の文学的表現のうち最も伝統的な表現形式です。最も伝統的な表現形式であるといふ以外に短歌の特殊性があらうとも思へません。

これは奈良に根を下ろして「日本歌人」という伝統詩の雑誌を創ろうとした佐美雄へのエールであり、佐美雄の意志に叶う念押しでもあるだろう。呼応するような主張が「日本歌人」昭和十四年十月号の佐美雄の「新古典主義の方向」である。そこで佐美雄は自身を振り返りながら次のように言う。『植物祭』の時代は近代主義とか現代主義と言われ、「短歌作品」の時は芸術派とか超現実主義と言われた。それらの呼称も相当言い得ているが、「日本歌人」からはそれでは間に合わなくなつた。そこに「漸く古典的な色彩が加はり、古典主義的精神が見られるやうになつて来」たので、それを「新古典主義」と呼び、「日本歌人」の運動を積極的に展開したい。

こう述べながら次のように自らに釘を刺す。

新古典主義といふのはあらゆる現代精神を通過した古典主義に他ならないので、現代精神を通過しない限り、それは新古典主義とは言ひ得ないのである。

ふかいふかい霞のなかにのびあがり何んにも見えない景色見てゐた　『白鳳』

霞に閉ざされたこの原初的な風景に自分の原郷を重ねたのが次の歌である。

春がすみいよよ濃くなる眞晝間のなにも見えねば大和と思へ　『大和』

『白鳳』のシュールな混沌はここでは一歩現実的な風景の輪郭を与えられて、より短歌的な奥行きを持つことになった。大和の歴史風土の中に反骨的なモダニズムを根付かせようとしたその志向に、佐美雄の新古典主義を見ておきたい。

（五）危機の時代の詩精神—昭和十四年の佐美雄

短歌史年表を見渡すと、すぐれた歌集が集中する年のあることに気づく。その一例が昭和十五年である。その年にはどんな歌集が出たか。主なものを列挙しておきたい。

三月／斎藤茂吉『寒雲』・渡辺直己『渡辺直己歌集』、五月／会津八一『鹿鳴集』、六月／川田順『鷲』・土岐善麿『六月』・斎藤茂吉『暁紅』、七月／坪野哲久『桜』・合同歌集『新風十人』、八月／北原白秋『黒檜』・筏井嘉一『荒栲』・佐佐木信綱『瀬の音』・前川佐美雄『大和』・斎藤史『魚歌』、九月／佐藤佐太郎『歩道』、十二月／太田水穂『螺鈿』。

大家から新鋭までの揃い踏みといった風景の中に佐美雄の『大和』があり、佐美雄も参加した『新風十人』がある。リストを見ると哲久、佐美雄、史、佐太郎といった当時の若手・中堅のそれが、彼らの生涯を代表する歌集である点が注目される。何が要因だったのか。斎藤茂吉日記昭和十五年の次の一節に注目したい。

十一月十八日　月曜　クモリ

○山口茂吉君ノ歌集発行イソグコトヲスヽム。明年ニナレバ事情急迫スベケレバナリ来年には状況がさし迫って歌集出版どころではなくなる。こうした危機感を茂吉は強く抱き、昭和に入ってから新歌集を出していなかったのに三月に『寒雲』、六月に『暁紅』と続けて刊行、愛弟子の山口茂吉への歌集出版の勧めとなったのである。山口茂吉の『赤土』刊行は翌年一月だった。この危機感は茂吉だけのものではなく、それがこの年の歌集出版ブームを生んだのである。

①殉国の美談なりしか腸（はらわた）のこほりつく夜（よ）をにほふしらうめ　「南枝北枝」
②逆しまにかがやき落つる美しくこの世（よ）ならぬと褒（ほ）めそやすかも　同
③野いばらの咲き匂ふ土のまがなしく生きものは皆そこを動くな　「春雷」
④春がすみいよよ濃くなる眞晝間のなにも見えねば大和と思へ　「大和」
⑤戰（たたかひ）の日にありながら家のうちのわたくしごとをなげかふあはれ　「露」
⑥たはやすく四億の民と言ひなすも悲しきかなや數へがたきに　「韓紅」
⑦春の夜にわが思ふなりわかき日のからくれなゐや悲しかりける　同
⑧あかあかと硝子戸照らす夕べなり鋭（するど）きものはいのちあぶなし　同
⑨萬綠（ばんりよく）のなかに獨（ひと）りのおのれゐてうらがなし鳥のゆくみちを思（も）へ　「夏夢」
⑩はろかなる星の座（ざ）に咲く花ありと晝日なか時計の機械覗くも　「晝顔」

『大和』の昭和十四年作品から。「南枝北枝」はその最初の一連である。春まだ浅き白梅の季節からたっぷりと濃密な春の夜へ、そして初夏を思わせる爽やかな万緑へ。歌集は季節の推移に従って構成されている。①の「殉国の美談」から浮かび上がるのは、前年十二月に英霊一千二百七十五柱を芝浦港に迎えて行われた支那派遣軍戦没者の慰霊祭である。この歌からは海の向こうの戦争が英霊を迎えるという形で自分たちの暮らしに及んだことを示している。そして①と②は戦死を〈殉国の美談〉へとすり替える政府へのしずかな怒りであるが、その偽りを射抜く表現には佐美雄ならではの斬新さがある。③は「生きものは皆そこを動くな」という命令形がピリリと張り詰めた空気を広げて美しささえ感じさせる時代への危機感である。

④の「なにも見えねば」を不透明な時代へ先行きを読むことも可能だが、そうした読みから自由になって、〈見えないことこそ大和の本質〉といった、歴史がぶ厚く堆積した大和の国論と読みたい。そう読んだ上で、時代への失意がバネになった大和への独特な心寄せと見ることはできる。⑤には戦時の〈われ〉という自覚が表れている。⑥の「四億の民」は当時の中国の人口。昭和の大戦時の日本の人口は七千万人、スローガンのなかでは九千万、更に一億と誇張されていった。佐美雄の歌は、四億の民と一括してしまえないほどの膨大な命の嵩ではないか、と嘆いている。⑦の「わかき日のからくれなゐ」とは抽象的でありながら青春の核心を掴んだ美しい表現である。歌は時代を超えた青春の普遍性と読みたい気もするが、このときの佐美雄はまだ三十六歳、青春回顧には少し早過ぎると感じる。佐美雄自身の青春を重ねると、モダニズムとマルクス主義が吹き荒れた昭和初めの、あの渦中のなかでもっとも果敢な詩の実践者だった佐美雄自身の「わかき日のからくれなゐ」が浮かんでくる。奔放

で深紅なあの青春はわずか十年前、その青春を窒息させ、密室に閉じ込めた時代圧力を思うと、あの日々が遠い遠い昔のように思えてくる。そんな嘆きが歌からは広がる。時代を重ねて読むか、時代を超えた普遍性と読むか。どちらにしても屈指の青春愛惜である。

⑧は夕陽に照らされているガラスの薄さ、鋭さ、壊れやすさである。そこに「鋭きものはいのちあぶなし」と加えるから、壊れやすさはおのずから内面の危機意識となる。⑨は飛翔する鳥の道に遠く想いを伸ばしている。命さかんな万緑がここより遙か遠くへ心を遊ばせる孤立感を際立たせている。⑩は〈私〉が懐中時計を覗いている図と読みたい。掌の小さな機械を遙か遠い星座に飛躍させる。その遠近の大きな落差が、機械の精密さと星座の美しさを際立たせて、斬新な比喩である。同時にそれは儚い密室劇でもあるように思われる。

ここまでの作品が『大和』の昭和十四年作品である。

⑪ゆく道の砂あさければ晝の月しろくうすらに懸るあはれさ　「夏の終り」
⑫歩みつつ無一物ぞと思ひけり靜かなるかなや夕蟬しぐれ　「晩夏」
⑬移り激しき世にあればし己が生き方に賴あらしめて言擧はせず　「大杉」
⑭戰にゆきてかへらぬ人思へばわが身にこもり濃き秋のはな　「旱天」
⑮大戰のはじまる秋を邑ずまひゆふべに燒きて泥鰌食うぶる　同
⑯うら濁り夕べの川のうたかたとおのれながれて行方知られず　「秋鳥」

⑰青空の奥どを掘りてゐし夢の覺めてののちぞなほ眩しけれ　「秋空の蒼」

⑱霜しろき天（あめ）のおきてにうちふせばいつはりもなし落葉ぞしたり　「威儀三千」

⑲あかあかと紅葉（もみぢ）を焚きぬいにしへは三千の威儀おこなはれけむ　同

⑳一生を棒にふりしにあらざれどあな盛んなる紅葉（もみぢ）と言はむ　同

砂のあささと昼月の薄さ、その繊細さ。⑪は世の儚さをデリケートな風景に託している。⑫は夕べの蟬時雨に触発されるように、身一つとなった自分を切なく見つめている。⑬は変化の激しい時代に流されることを危惧しながら自身を守ろうとしており、「頼（たより）あらしめて」という言い聞かせに切実感がある。⑭は日中戦争がすでに此岸に及んでいる現実への危機感である。⑮の第二次世界大戦は昭和十四年九月にドイツのポーランド侵入、英仏の対ドイツ宣戦で始まった。世界の大事と邑に小さく籠もる自分を対比させることを通じて自分を守ろうとしている。⑯は塚本邦雄が、戦争前夜の胸中を的確に反映するもの、と次のように推賞している。

あの頃の三十代半ばの詩歌人の存在は、少数の、特権階級の例外を除いて、否彼らはなほさらに「夕べの川のうたかた」以上のものではなかつた。この一首あるゆゑに、名作、「三千の威儀」の瑰麗無比の示威が、ほとんど絶望的な美しさを以てそそり立つのだ。目に見えぬ圧力に対して、詩歌人は、このやうなデモンストレーションを試みるか、事と次第では筆を折る他なかつたであらう。

（「露、消えず――『天平雲』とその時代」・「歌壇」平成二年七月号）

補足しておくと、ここで塚本は⑲の出典を『新風十人』の佐美雄作品「等身」と示している。『大和』の一月前に刊行された『新風十人』の作品を十七年の『天平雲』に収録、私は『天平雲』作品として鑑賞している。⑰は真っ青な空の奥へ奥へと掘り進んでいる。現実には不可能だが、夢だから出来る。どこかにたどり着くために掘るのではない。掘り進んで、空の青さに溺れれば、それで十分なのである。夢が覚めたあとのまぶしい陶酔感が、それを教えている。この束の間の陶酔感からは、絵空事の中に自分を遊ばせる他ない儚さが感じ取れる。大戦直前の佐美雄は、このようなはかなくも美しい密室の遊びの中で、時代とおのれを嘆いた。⑱の「いつはりもなし落葉ぞしたり」、そして⑳の「あな盛んなる紅葉（もみぢ）と言はむ」が示すのは季節に従って落葉する樹々や燃え上がる紅葉の営みへの感嘆である。その秩序正しささえ覚える感嘆には、折り目を失った自分たちへの失意が滲む。⑲は塚本の絶賛で十分だろうが、付け加えておけば、風雅の象徴たる紅葉焚きに遊びながら心はおのずからいにしえの威儀三千に行き、意義の失われた現在を嘆いているのである。

掲出二十首は歌集単位では前十首が『大和』、後の十首が『天平雲』と分かれる。しかし詠まれたのは同じ昭和十四年である。「殉國の美談なりしか腸（はらわた）のこほりつく夜（よ）をにほふしらうめ」から始まって春霞の大和、春の夜のからくれない、三千威儀など、短歌史に残る数々の名歌を残したこの年の作品数は三九四首、昭和十二年の一〇六首、十三年の一五五首と比べて飛躍的に多い。生活者としてはいよいよ不自由になった一年だが、多作でかつすぐれた歌が多いという点では、歌人としては成果著しい一年だった。この反比例のような関係は決して偶然ではない。短歌史年表の昭和十五年を思い出したい。そして茂吉日記の一節を思い出したい。歌人たちは昭和十五年が自由な出版活動の最後の年と考えていたことをそれは窺わせる。時代のその空気が佐美雄の昭和十四年作品に反映している。整理すると次のような図式となる。

歌人たちの自由な表現と年々厳しくなる戦時体制との、そのぎりぎりのせめぎ合い。時代の危機が詩歌を追い詰めてゆき、これ以上圧力が強まると詩歌の豊かさが壊れてしまうぎりぎりの境界線。それが歌人たちの危機意識となり、詩的光芒となったのである。そのぎりぎりの成果を典型的に示したのが昭和十四年の佐美雄作品なのである。

樋口一葉に「奇蹟の十四か月」と呼ばれる時間がある。「大つごもり」「たけくらべ」「にごりえ」などを次々に発表した明治二十八年からの時間だが、それに倣えば「奇蹟の昭和十四年」が佐美雄にもあった、そう言いたい一年である。

（六）佐美雄における昭和の大戦

戦争歌集というべき二冊が佐美雄にはある。昭和十八年二月刊行の『日本し美し』（昭和十六年十二月〜十七年八月までの作品を収録）、昭和二十年一月の『金剛』（昭和十六年六月〜十八年十月まで）である。

大東亜戦争勃発直前より今日に至る七、八ヶ月間の作品から六百首を選んでこの集を編んだ。もとより身卑小にしてこの大いなる日の感激を歌ふに適せず、却つて御稜威をけがし奉ることなきやを恐懼しつつ、尚衷情やみがたくして歌ひあげたのがこれらの作品である。

『日本し美し』の「序」はこう述べ、『金剛』後記も「全く同じ心から歌はれたもの」と説明している。その「衷情やみがたくして歌ひあげた」のはどんな作品なのだろうか。『日本し美し』巻頭作品は「秋深し」。「日米交渉決裂に瀕す」と詞書がある。

鮮明によみがへる我が民ごころ既に紅々し今年のもみぢ

その巻頭歌である。決裂寸前の報が大和心を刺激したのである。紅葉の紅さは大和心の熱さ、事態を受けた覚悟の強さでもある。二首目には「日米の相撃たむ日も近みかと野分の風の吹き亂る見る」とあり日米戦争への覚悟を示している。

宣戰の大詔を拜す民のみか山川草木なべてし明る　「開戰」
山かげの村より出でて征く兵の戰ふはてや海陸を知らず　「兵を送る」
おぎろなき天皇陛下の御稜威はや印度のはての木草も振ふ　「印度洋を撃つ」
海山の思ひをいかにか歌はむと苦しぶ時し春きはみたり　「春きはまる」
皇國の海軍いよよ強くして眞日照らふ限り海に敵無し　「春より夏へ」

存亡を賭けた国の戦いを歌うことを通して支えようとして、しかし戦争が深く及ぶ暮らしを嘆き、だからこそ歌は過剰に高揚してゆく。そんな心的な起伏が窺える。一首目三首目五首目は当時多くの歌人が詠った類型的な戦争詠であり、佐美雄らしさは感じられない。個性よりも類型を競うことによって自分を叱咤する。そんな様相が歌からは見えてくる。

『金剛』は「全體を八篇に分ち、各篇の作をそれぞれ獨立せしめつつ且つ全體において一つのまとまつた感じを持たせるべく工夫した」と「後記」にあり、その最初の「皇国頌」の「明治節」は次の歌から始まる。

　われは明治の少年ぞかし菊の香にむかしを思ふこころ切なき　「明治節」

「われは大和の生れにして古都奈良に住めり。かかるえにしは假初のさきはひごとと思はれねば、つねにかへりみて心に涙を垂るるなりされば仰ぎて以て皇國を讃へたてまつる」と詞書がある。昭和の大戦を支える心を「われは明治の少年ぞかし」と明治の国づくりにさかのぼらせて、皇国の民としてのおのれの覚悟を確かめている。

　きよ若き眉あげて學徒出で立てばはや聖業成りたまふらし　「學徒出陣」

　一億が死にをきはめて元帥のあとこぞり敵にむかふ日となる　「山本元帥」

掲出二首のように「皇国頌」は戦いが主題である。東京の明治神宮外苑競技場で出陣学徒壮行会が行われたのは昭和十八年十月二十一日、山本五十六が前線の視察中に米軍機の迎撃を受けて戦死したのはその年四月である。聖業成りたまふ。一億がこぞり敵にむかふ。歌の強い口調には皇国が追い詰められてゆく様相を肌で感じている者の危機感が表れている。

しひてわがこころ懺悔はなさねども仰げば高し秋の山みづ　「草刈奉仕」

親われのさびしきみちを思ひつつ乳飲むわが子の顔を覗くも　「男兒出生」

二首は「草庵雑歌」の篇から。前者からは敗戦時の歌と読んでも違和感のない孤立感がにじみ出る。後者は佐重郎氏が生まれたときの感慨。無垢な命を見るにつけ、おのれの覚束ない日々が改めて身に沁みるのである。

つとむれば到りつくかとたのめりしこの年月のあはれなるかな　「病間抄」

用のなき歌をつくりて男ざかりもいつか過ぎむと歎きはふかし　「寒日觀佛」

昭和十七年十月から十八年二月の「秋冬篇」から。努めれば到りつく。そう思って努めても到りつくことができない。個人の営みとも国の戦とも読めるが、どちらに読んでも「明治節」の高揚はここにはない。二首目も同じで、大状況を視野の外に置いて小さく籠もる一人の男の無力感である。

昭和十七年四月十八日、東京はＢ29の初空襲を受け、六月にはミッドウェー海戦の大敗。九月には義弟野沢弥太郎、十月には友人小高根二郎が応召、弥太郎は十八年十二月に戦死している。戦争は神国の勇猛果敢な戦いから、家族や知人を奪う痛恨へと近づいていた。そうした日々を綴って、「草庵雑歌」は佐美雄における戦争の終わりを示唆している。

（七）佐美雄の敗戦期

昭和二十年四月三日、佐美雄は妻の緑、二人の子、寿々子と佐重郎を連れて鳥取に向かった。疎開など他人事と考えていた佐美雄が決心したのは、三月十三日夜の大阪大空襲である。奈良上空はB29の通り道になっており、「何より戰爭があのやうな具合にをさまるものとは考へられなかつた」（『積日』後記）と佐美雄は振り返っている。疎開先は鳥取県八頭郡丹比村南、佐美雄を師と仰ぐ杉原一司の家である。戦後、短歌史に残る同人誌「メトード」を杉原と塚本邦雄が創刊したことはよく知られている。

いきどほる心もあらず無頼（ぶらい）なる人間の徒（と）となりて落ち行く　「鳥取まで」

歌集『積日』巻頭歌、敗者の歌である。その自分をあわれむ気持が「無頼なる人間の徒」に表れている。八月十八日を待たず、この時から既に佐美雄の歌は敗戦歌となっていた。

わが汽車に添ひて久しき但馬（たじま）なる朝來（あさご）の川に降る春の雨　「鳥取まで」

海蟹をほぐして食へり妻子らとあられもなしに食ひ散らけたり　同

朝来川は地図では円山川と示されることが多い。奈良から福知山など山中を抜け城崎付近で朝来川と分かれると日本海に出る。その海の町で蟹を食べたのだろう。あられもなくむさぼる姿は落ち武者に近い感触を与える。誇張した表現だろうが、それは心的な現在を示してもいる。

『積日』は昭和二十年四月三日の鳥取行きから始まり、翌二十一年一月に家族を伴って奈良に引き揚げるまでの九ヶ月三二七首の「朝木集」、奈良での四月から十一月までの八ヶ月一七三首の「残滴集」の二部構成で昭和二十二年十一月に刊行された。昭和二十一年の二月三月に歌を作らなかったのではない。その二ヶ月の作品は歌集『紅梅』として『積日』より早く昭和二十一年七月に刊行されている。なぜそうしたイレギュラーな出版となったかは『紅梅』の項で説明したい。

　砂川のあさき流れにうたかたはかげもなく消ゆうたかたなれば　「葛の花」
やぶれたる國に秋立ちこの夕の雁(かり)の鳴くこゑは身に沁みわたる　「清雁吟」
澄みわたる天(そら)のかなたに遠のけばなみだ垂りつつきかむそのこゑ　同
天(あめ)ゆくや地(つち)ゆくやおのれ知られねど相(あひ)たづさはり今をあゆまむ　同

「葛の花」には「八月十五日終戦、十八日鳥取に行き家族と共に暮らす」と詞書がある。佐美雄は家族を杉原家に預けて奈良に帰り、時々丹比を訪ねている。「葛の花」は四度目の鳥取行、最後の五度目は十月中旬、「清雁吟」はその中から生まれた。「砂川」の歌のうたかたは大東亜共栄圏の夢というよりも、聖戦に賭けた自身の心だろう。そして空行く雁に自身の悲傷を託したこれらが佐美雄の敗戦歌である。ここには短歌ならではの香り高い悲傷がある。斎藤茂吉は山形県金瓶村で、窪田空穂は長野県軽井沢で、会津八一は新潟県西条村で、そして佐美雄は鳥取県丹比村で、それぞれの自然に向かってそれぞれの〈国破れて山河あり〉を詠った。

　このくにの空を飛ぶとき悲しめよ南へむかふ雨夜(あまよ)かりがね　斎藤茂吉『小園』

高はらの夏を寒くもふく風にふかれ行きつつこころかなしき　　窪田空穂『冬木原』

すべもなくやぶれしくにのなかぞらをわたらふかぜのおとぞかなしき　　会津八一『寒燈集』

秋ふかみ野山のひそみゆくときに角(つの)あるけものしきりに慧(さと)し　　前川佐美雄『積日』「野分」

野山嘉正は「近代短歌の戦後」（『日本近代詩歌史』）において、歌人たちの敗戦歌がいかにも短歌的な内省ぶりで共通していると指摘しながら、『積日』について、「感情は入り乱れ、詠嘆の方法も多様化する」と他とは違う特徴を認めている。方法の多様化は衝撃の強さの反映と野山は見ている。「角あるけものしきりに慧し」には『白鳳』時代の過敏な抽象性を含む悲傷が感じられて、いかにも佐美雄らしい表現である。

『積日』の「朝木集」は次の歌で終わる。

いくたびか往(ゆ)き來の汽車の窓に見し朝來(あさご)の川も遠くなり

（八）佐美雄の戦後と「鬼百首」

三一書房の『現代短歌大系3　前川佐美雄・坪野哲久・五島美代子』は昭和四十八年五月に出た。佐美雄の章には編者の一人中井英夫の「抄出について」があり、次のように語っている。

出来得ればこの巻は『捜神』を収めたかったが、千二百首という歌数のため果せず、『白木黒木』を完本とした。あとの抄出を依頼されたが、『捜神』の中でも代表作である「鬼百首」は必ず入れてほしいということだったので、わずか残りの数十首を選んだにすぎない。せめてそのためにきらめく秀歌が凝集したといえることを念じている。

抄出は委ねる。しかし「鬼百首」はそのまま収録を。この作品への佐美雄の強い愛着を教えるエピソードである。佐美雄のこの判断を尊重して、この選歌集でも「鬼百首」はそのまま採録している。「短歌研究」昭和二十九年一月号掲載の、この百首のなにが佐美雄にそう言わせるのだろうか。時代を敗戦直後に遡らねばならない。

敗戦翌月の九月から始まった占領軍検閲の尺度の一つが日本の伝統文化否定だった。それに加えて短歌は戦争を支えた文芸だったから、二重の意味でターゲットとなった。第二芸術論はこの占領軍の尺度に呼応した短歌否定と考えてよい。戦後の新しい時代に短歌の再建を目指して創刊された雑誌もある。昭和二十一年十二月創刊の短歌雑誌「八雲」である。『近代短歌辞典』（昭和二十六年十月・新興出版社）で瀬沼茂樹は「八雲」を「戦後の、短歌に対する批判的な思潮に対して積極的な反応を示したB6版短歌総合誌」と位置づけ、「歌人、歌壇の封建制、戦争協力歌人への追求をかなりはげしく行」った、「編集人は久保田正文であり、木俣修がそれに参画していた」と解説している。歌人批判を通じて短歌の民主主義化に向かう、これが「八雲」の意図だったことになる。

その「八雲」創刊号に平田次三郎「前川佐美雄著『紅梅』について」があり、その書評に不思議な一節がある。「僕は前川佐美雄氏については全く知らない。ところが僕に語つてくれた人がゐる——

前川某は便乗歌人ですよ、と」。作品からは「身の処し方をあやまらず生きてきた」と見えるのに、提供された事前情報は「便乗歌人」。「そこで僕は当惑してしまふわけだ」と平田は嘆く。

「前川某は便乗歌人ですよ」。平田の書評には「二〇・一二」と執筆日が記されている。昭和二十一年後半、これは第二芸術論と文学者の戦争責任追及がいよいよ加速された日々である。そこでは便乗歌人というレッテルは決定的な力を持っていた。加えて「前川某」という呼び方には犯罪者扱いの暗い悪意がこもっている。全く知らない筆者にこうした先入観を植え付けて批判させる。そこに占領期文化の荒涼がある。追い打ちをかけたのが翌年の「八雲」七月号の荒正人「前川佐美雄論」である。荒は「近代文学」昭和二十一年二月号に「第二の青春」を書いた気鋭の批評家、その佐美雄論は『紅梅』をテキストにした批判である。

　インテリと罵られ無産者運動に加はらむとしき二十年前は　『紅梅』

　既にはやく悲命に死ぬる幾人ぞ革命やすく成らむと思ふな　同

これらを挙げながら荒は「『紅梅』にうたはれてゐるやうな気分をもちながら、『金剛』のやうなうたをつくりうるかれの、ヂイキル博士とハイド氏みたいな人格変換を不審に思ふ」と疑問を呈す。

うたびとが前近代的であることはなにもいまに始まつたことではない。異とするにもあたらない。ただ、前川佐美雄が、さういつたもののひとりであるにすぎない。これは自己証明ほどにはつきりしている。

これが荒の結論である。だからこんな歌づくりは歌壇から「抹殺すべきではあるまいか」と余計なアドバイスまで付けている。『金剛』は戦争歌集、『紅梅』は戦争批判の歌集と読んでの批判である。荒の『紅梅』の読みは正しいだろうか。『紅梅』巻頭の「春鳥鳴吟」十三首を読んでみよう。

①春鳥はまばゆきばかり鳴きをれどわれの悲しみは混沌として
②春鳥の鳴くこゑ聞きぬどろどろのわが朝がたの夢の中にて
③何もかも改まりゆくぞ草ばなも早や溫室に咲きそめて春
④あらたまり行くもの何ぞ美しき春の現象世界のみかは
⑤インテリと罵られ無産者運動に加はらむとしき二十年前は
⑥歐洲に行かむ願望もむなしくて貧に過ぎ來しあはれ二十年
⑦人の世の四十生き來てやうやくにわが生業もならむとすらむ
⑧既にはやく悲命に死ねる幾人ぞ革命やすく成らむと思ふな
⑨どろどろの生命もて何をねがひしか悲しけれわが昭和のはじめ
⑩敗戰はかなしけれども眼をぬぐひ今年の花はうつくしと見よ
⑪新しき世がまぼろしに見え來ときおのが生命の歌なからめや
⑫過ぎ去きし苦しき日々もおぼろにて今のおのれは後のつとめを
⑬春鳥はわななくばかり鳴きゐれど明日になりなば明日は悲しけ

番号を付して示した「春鳥鳴吟」全作品、ここから荒は⑤と⑧を引用している。それを一連に戻して読んでゆきたい。一連として読むために全歌を引用したのである。

①は新しい命の季節を告げて頻りに鳴く春鳥、そして先行きの見えない混沌の中にいる自分、その対比である。②はそこに夢の中の声という場を与えている。③と④は改まるものは花や鳥など春の外界だけだろうか、いや、他ならぬこの私も改まらねばならないのだ、と自分に言い聞かせている。ここまでは現在の〈私〉の混沌が語られている。⑤と⑥では自分の足跡を振り返っている。プロレタリア短歌運動に加わった〈私〉、本場に行ってモダニズムを学び直そうとした〈私〉。⑦で現在の自分に戻って一呼吸入れ、また若き日に戻って⑧と⑨はワンセットで読むべきだろう。「革命やすく成らむと思ふな」という若き気負いの拙さへの嘆き、それが「悲しけれわが昭和のはじめ」である。それは荒が読んだような自己弁明ではない。むしろ、社会参加といったものへの失意である。「どろどろの生命もて何をねがひしか」には当時の願いと行動がそれなりに真摯だったというニュアンスがあるが、「何をねがひしか」からは不可解なものに立ち向かった行為への失意が滲み出る。⑧は単独では荒正人がいうところの「在りし日の厭戦気分の偽造」と読めるだろう。しかしそれでは⑧を受けた⑨の「何をねがひしか」は手掛かりのない悲嘆となってしまう。⑩からは敗戦という今の現実に戻ってなんとか立ち直ろうとしている。そして⑬で最初に戻り、春鳥はしきりに鳴くが、明日になっても私は悲しみの中にいると嘆いている。「悲しけ」は「かなしき」の上代東国言葉、万葉集東歌に見える。

こうして読んでいくと、一連が告げるのは弁明とは無縁の、混沌から抜け出せない〈私〉への深い失意である。

一つ加えておくと、佐美雄を「ヂイキル博士とハイド氏みたいな人格変換」という荒正人の批判から思い出すのは、総合雑誌「新生」昭和二十年十一月号における福本和夫の「新日本への一建言」である。福本は言う。「東條を大宰相として讃へた歌人斎藤茂吉氏がこんど終戦の大詔をかしこみまつるの歌数首を新聞に寄せてゐるのは、精神病者か然らざれば、責任を解せざる東條と同型の人物でなければ何人も容易に為し能わざるところである」と。奇っ怪な精神構造の持ち主としての茂吉、そして「ヂイキル博士とハイド氏」の佐美雄。作品批判を人格批判に広げている点が酷似している。

荒正人の佐美雄批判はつまみ食いの誤読に発していると私は見るが、それでも平田次三郎から荒正人へと受け継がれて、佐美雄は便乗歌人という印象を強く人々に与えた。あらがうことが難しい時代の風がそこには吹いていていた。齋藤正二の次の解説にはその渦中の佐美雄の苦境がよく表れている。

佐美雄は、終戦の年から昭和二十六年ごろまで閉門状態をつづけ、その間、「さまざまのよき死にをして終りたる昔びと思へみな凄まじき」などという鬼気迫る歌を残している。

齋藤正二編『戦後の短歌』（昭和四十一年・社会思想社）

ただ、一つ思うのは、「臼井書房主人の勧誘によつてこの集を成した」と『紅梅』後記にあるが、この選択がよかったのか、ということである。戦後いち早い新歌集という選択より、やはり時間の推移に従った『積日』に収める方が素直に読まれたのではないか、と感じる。

　ともかくも、こうした苦しい閉門状態から立ち直るべく発表したのが「鬼百首」だった。「鬼百首」が掲載された「短歌研究」昭和二十九年一月号は「戦後短歌の総決算」と題する特集号だった。久保田正文「戦後短歌史」、座談会「戦後派の遺産」（木俣修・大野誠夫・坪野哲久・岡山巖）、荒正人「回想の戦後文学」、一五六人の自選十首、そして巻頭作品佐美雄の「鬼百首」という構成である。「総決算」に対応する新作が「鬼百首」だけだった点もスリリングである。

　　によきによきと太柱立つ物暗き秋霖（あきつゆ）雨のなか笠もささずに

　笠もささずに太柱が暗い秋霖の中に立っている。裸形の太柱、どこに立っているのか、なぜ笠もささないと人格化するのか。抽象的な光景が読者に手渡される。これが「鬼百首」最初の光景である。

　　顔と顔をぶつつけあつてぺしやんこに潰れたる夢の泥の中なり

　　悲しみを堪へおりし日に鼻ぎられ額（ぬか）うがたれき鳥の如きに

　前者はひどく尖った心が露出している。顔と顔をぶっつけ合って、潰れてとたたみかけ、それが泥の中の夢と明かす。なぜそうなるのかは示していないから、読者には壊れてゆく衝撃の激しさだけが手渡される。後者は完膚なきまでに壊された〈私〉である。辛うじて堪えているのに鳥の鋭い嘴のようなものに鼻を劓られ、額に穴を開けられる。滅多打ちの瀕死状態を歌は伝える。

　　かくなれば鬼でも蛇（じゃ）でも一色の朱（しゅ）に塗りつぶすほか勝目なき

おさへつつ捻ぢ伏せてをりこの時をわれは数行（すぎやう）の涙こぼしつ

ま向ひに白痴の如き枯木あればつくづく見惚れ杯を差す

過ぎし日は幾らでも青山飛び越えき二度三度眼を失ひたれど

私に勝目があるとしたら、それは鬼や蛇を塗り潰し、捨て身になるときだけだ。一首目は追い詰められた者の最後の反撃意志を覗かせている。二首目が抑えてねじ伏せているのは世界に対する忿怒だろう。懸命に何かをねじ伏せている自分に気づいたとき、〈私〉は涙をこぼしてしまう。堪えがたいものをこらえているぎりぎりの心が伝わってくる。三首目は枯木に裸の自分を見ている。大切なのは枯木に「白痴の如き」という比喩を当てていることである。佐美雄はここで『植物祭』の〈私〉に感情移入している。悪戦苦闘の素手状態に置かれたとき、世の規範から自由だったかつての自分の化身だった白痴を再発見したのである。四首目はそうした若き日の不屈ぶりを引き寄せて自分を励ましている。

「鬼百首」では多様な世界が展開されているが、その中心となるのは引用作品であり、一連の主題と表現がそこに凝縮されている。窮地、そして素手、さらに怒り。それが「鬼百首」を貫くものであり、佐美雄渾身の力作である。歌集名は〈喪神〉でもある〈捜神〉なのである。

「短歌研究」は翌二月号に「鬼百首評特集」を組んだ。しかし評判が悪かった。坪野哲久「気の弱い鬼」は「この鬼は鬼でもキバがないし、角もない。かつての前川もすでに老いおとろえた感じがしてならぬ」と始める。千代国一は「正直のところ、面白さといふ程のものは何も感ずることができず、唯閉口した」と退ける。鈴木一念は「形にも成らぬ、だらしのないのが君の歌だ」とバッサリ。中河幹子は「かういふ難解な歌を百首も並べて読ませる短歌研究の編集者の神経の強さに驚かされた」と矛先を「短歌研究」に向けている。集中砲火を浴びせる「鬼百首」批判特集となった。

後年のことだが、大野誠夫は「長い歳月にわたって、氏は歌壇的に沈黙した。もっとも『鬼百首』のように、たまに発表する作品が、待ってましたとばかり八方から叩き伏せられるのでは、氏でなくてもたまるまい」(「無用者の詠嘆」・「短歌」昭和四十七年二月号)と当時を振り返っている。

占領期は歌人の戦中をめぐって椅子取りゲームが行われた時代だった。細かく検討するとプロレタリア短歌の歌人を除いて、歌人たちの戦中への線引きは困難だった。しかし誰かに〈時局便乗〉とレッテルを貼って論難すれば〈平和主義者〉となって椅子に座ることができた。その椅子取りゲームから落ちこぼれた一人が佐美雄だった。川田順もそうだった。占領期が終わってもその空気は払拭されないままだった。だから「待ってましたとばかり八方から叩き伏せられ」た。

かつて佐美雄の同志だった坪野哲久の「鬼百首」評に戻ると、確かにあの鬼にはキバも角もない。しかしあの鬼は、キバも角も失った裸形のまま反転しようとする鬼だった。素手に戻って自分の戦中と占領期に決着を付けるべく悪戦する鬼だった。それは老いおとろえた者には不可能な力技である。私はあの百首を評価し、〈裸形の敗戦歌〉と特徴づけている。

火の如くなりてわが行く枯野原二月の雲雀身ぬちに入れぬ　「鬼百首」

身ぬちに入れる雲雀はなんの比喩だろうか。胸中深くに蔵うのは大空に揚がる寸前の二月の雲雀。孤立状態に悲観も楽観も既に持たなくなった〈私〉の、自分自身を恃む揺るぎない覚悟が感じられる。そしてこのとき、佐美雄の長い長い戦中戦後は終わった。昭和二十九年一月のことである。

昭和三十九年発行の第十歌集『捜神』は昭和二十八年から三十年までの「飛簷(ひえん)」と二十三年から二十七年までの「野極」の二部構成となっており、「鬼百首」以外の「飛簷」と「野極」にも見逃すことのできない歌は多い。

切り炭の切りぐちきよく美しく火となりし時に恍惚とせり　「火の雲」

紅梅にみぞれ雪降りてゐたりしが苑(その)のなか丹頂の鶴にも降れる　「春の夜深く」

浅き水にすすき風さとはしるさへ驚きやすく鹿の子のゐる　「萩すすき」

緑蔭の恋語りながくつづきゐればわれの記憶をたどる蟻あり　「涙」

琅玕のみちに霰のたばしればわれ途(と)まとひて拾はむとせり　「寧樂紅葉吟」

切炭が火に変わるときのデリケートな恍惚感、みぞれに彩られた丹頂の高貴さ、鹿の子の繊細さ、思い出の中の恋の微妙なむず痒さ、道を打って飛び跳ねる霰の美しさ。昭和初期から戦中戦後の時代の激しい波が佐美雄を過激な歌の領域に連れていったが、それがなければ、こうした溺れることのない繊細な美意識の世界が歌人前川佐美雄の本来の世界だったのではないか、と思わせる。

（九）言葉遊びの人生歌

「鬼百首」の前、「短歌研究」昭和二十六年十月号は前川佐美雄「翼の回復について」という長文の歌論を掲載している。そこで佐美雄は短歌を次のように定義している。

〈歌とは〉姿もなければ形もなく、それは抽象化された心情だけがたとへば飄々と風に鳴り響く天使の翼のやうなものであらう。

美しすぎる定義だが、対比的に思い出すのは、「今日有用な歌」を主張して戦後歌壇をリードした近藤芳美である。同じ再生でも佐美雄的な〈今日無用の歌〉で佐美雄は歌の回復を図ろうとしていたことになる。

紙屑の如きものらを相手にし論争するは浪費ならずや　『捜神』昭和二十九年

「鬼百首」で佐美雄は時代との決着をつけた佐美雄は、時代にも他人にも他の何にもとらわれることのない自在な歌びととなった。

らいだとは懶惰（らんだ）の田舎訓（ゐなかよみ）と知れ年頭に怒るわれのらいださ　『松杉』昭和三十三年

肝（きも）を召せ鶏（とり）の肝召して養へと更年期のをんな友達ら来る　同

若ものの肝執（きもと）りてわれも喰（くら）はむかわか者の肝臭しと思へど　昭和三十四年

『大辞林』には「懶惰（らいだ）」が立項されているが、「らんだ」を誤読した語とある。新聞かラジオか、「らいだ、らいだ」と出てくるから、〈田舎読みではないか、正確に言わんか！〉と一喝しているのである。ところがその矛先を自分の怠けぶりに向けて収めるから、言葉の乱れに眉をひそめる四角四面とは無縁の、言葉遊びを楽しむ歌となる。二首目は佐美雄先生を慕う弟子たちだろう。「更年期の」と添えるから、厚かましさも滲ませて賑やかな楽しさとなる。三首目では若者を頼もしがっているが、啓蒙臭さがない親愛感がいい。その青臭さを蔑しながら愛する。奔放な青春を過ごした佐美雄ならではの激励だろう。

いつしかに寒くなりつつ今朝膳（けさぜん）におこぜを食ひし骨を並べぬ　『白木黒木』昭和四十三年
欠（か）け朽（く）ちて鰧（おこぜ）のやうになりませるかの飛鳥仏（あすかぶつ）の顔おもひ出づ　同

冬を思わせる寒さの朝、おこぜを食べる。時間に追いたてられるような朝食ではなく、徒然気味の食卓を「骨を並べぬ」が示している。骨を並べながらふと飛鳥仏を思い出す。現存する日本最古の仏像とも言われ、後世の補修も多い飛鳥仏。鰧に近いかどうかはともかく、「欠け朽ちて鰧のやうになりませる」は身近な存在だった飛鳥仏への親愛感である。食卓の瑣末なものに引き寄せられて、飛鳥仏の功徳も増すように感じる。

「おつくう」は億劫（おくこふ）にして億年の意としいへればこころ安んず　『白木黒木』昭和四十五年

怠け者が自分の怠けを弁解している図である。面倒くさい、気が進まない。それが億劫（おっくう）。辞書を引くと面倒くさいという意味の他に、仏教用語で一劫の億倍と出てくる。それで今度は「劫」を引くと

「きわめて長い時間」とある。では「きわめて長い時間」とはどのくらい長い時間か。これが半端ではない長さで笑い出したくなる。

四十里四方の大石がある。それを天人が薄い衣で百年に一度払う。それを繰り返して繰り返して、やっと石が摩滅してもまだ終わらないほどに長い時間。それが一劫(いちこう)。別の説もある。四十里の城または広場にケシの粒を満たし、百年に一粒ずつ取り去ってもまだ終わらない時間が一劫。億劫はなんとその億倍の時間、要するにエンドレス、終わりのない時間となる。

前川佐美雄は他に仕事を持たない専業歌人だったから、短歌二十首の締め切りが迫っているのにどうも気持ちが乗らない、といった場面を想定してみる。そこでなにか怠ける理由を考える。そしてそうだ、おっくうは「億劫」だ、と膝を打った。そんな場面と読みたい。一劫の億倍という途方もない時間に遊べば目の前の時間などいかにもちっぽけ。安心して怠けられるというわけだ。

やらねばならない仕事ならさっさと取りかかればいいのにとも思うが、それは暮らしの実用性からの思考法。怠りを言葉遊びに繋げ、しばし遊んで楽しむ。いいなあ、飄々とした人生の大ベテランの味だなあ、と共感しきりである。

(十)東国の佐美雄

相模なる荒き水にもやや慣れて我のかなしききさらぎに入る　『天上紅葉』「東の壁」

ふるさとの家出でて奈良の仮住(かりずまひ)およそ四十年たのしまずけり　同

昭和四十五年十二月五日、佐美雄は住み慣れた奈良を離れ、神奈川県茅ヶ崎市東海岸に移った。年が明ければ六十九歳となる年齢を考えると二人の子の近くで暮らすのが好ましいということのようだ。歌は「短歌」昭和四十六年三月号二十五首からである。「荒き水」という反応は、大和古国びとのあずまさがみへの印象をよく表している。その荒き水にも「やや慣れて」には心楽しまない日々ながら少しずつ落ち着いてきているよ、という心がにじみ出る。きさらぎは佐美雄の誕生月、「かなしき」は「悲しき」を含みながらも、遠き異郷に住み慣れる他ない孤独を滲ませた誕生月へのいとおしみと受け止めたい。二首目は四十年暮らしても仮住まいのまま、佐美雄は奈良の人ではなくやはり大和びとだと教えている。

佐美雄には没後歌集が二冊ある。平成四年の『松杉』、『前川佐美雄全集』第二巻収録の『天上紅葉』である。歌集名「松杉」は『松杉』の「後記」で前川佐重郎氏が、「天上紅葉」は全集解題で吉岡治氏が、それぞれ生前の佐美雄の意向と示している。

佐美雄の歌集刊行は不規則な点が多く、後期歌集を整理すれば以下のようになる。

『捜神』昭和三十九年刊（昭和二十三年から三十年）……第十二歌集
『松杉』平成四年刊（昭和三十一年から四十年）……没後第十三歌集
『白木黒木』昭和四十六年刊（昭和四十一年から四十五年）……第十四歌集

『天上紅葉』平成十七年刊『前川佐美雄全集』第二巻に収録……没後第十五歌集

生前歌集は『捜神』と『白木黒木』、『松杉』は飛ばされたわけだ。

私の手元に一枚の新聞切り抜きがある。読売新聞の昭和五十五年一月三十一日夕刊、大写しの佐美雄の顔に添えた記事は「この十数年の間、雑誌などに発表した作品が、五、六冊分はたまっているのだが『整理することが面倒』で、上梓に至らない」と始まる。「僕はなまけものでね。本屋（出版社）には、ま、そのうちに何とかなるやろ、まだ死なんよ、言っているですよ。ハッハッハ」。高笑いしながら照れてもいて、「こんなやつ、めったにいないですよ」と続く。

結局何とかしないうちに世を去って、没後歌集二冊となった。例の歌、「「おつくう」は億劫（おくこふ）にして億年の意としいへればこころ安んず」をそのまま生きて彼方の永遠に去ったことになる。

ひんがしに去ぬよと大和の空を過ぐわれの悲しき故郷の空　昭和四十七年

うしろより誰ぞ従き来と思へどもふりかへらねば松風の道　昭和四十九年

この松は老木にしてこのわれをもたれしむるにほどよきひね木　昭和六十二年

われ一人夜半に目覺めて朧なる松の間の月をあふぎをりたり　昭和六十三年

最晩年の佐美雄はしきりに故郷大和を恋しがり、自分の孤独と向き合っていた。人の気配はするが振り返らないで松風と一つになる。この「ふりかへらねば」に自ずからの命の水際を見つめる心が感じられる。近しさを覚える松はほとんど佐美雄自身でもあり、それがひね木であるところに軽みが生きて、わが愛誦歌でもある。昭和六十三年最後の「目覚めて」五首の四首目が「われ一人…」。深夜冴え冴えと目覚めて月を仰ぐ。人の気配も喜怒哀楽も昨日も、そして時間さえもない世界に月と〈われ〉だけ。永遠の中にたたずむ佐美雄の姿が思われる。

ここで佐美雄に連なる系譜を見ておきたい。

前川佐美雄を師と仰ぐ三人がいた。現代短歌を代表する塚本邦雄、山中智恵子、前登志夫である。何が彼らに佐美雄の門を叩かせたのか。山中智恵子に代表して語ってもらおう。

春の夜にわが思ふなりわかき日のからくれなゐや悲しかりける　（前川佐美雄）

その前年、歌集『くれなゐ』を手にしていたので、宇治の火薬庫で、エーテルや黒鉛のにおいと戦っていた日々、ひそかに贖めたこの前川佐美雄という人が、どこかに生き、今も〈由緒正しき〉言葉を語っているのだと、思い続けていた。

山中智恵子「鳥髪まで――回想・わが戦後短歌史」（現代歌人文庫『山中智恵子歌集』）

昨日までの勤労動員という強いられていた日々を生きていた一人が突然空白の世界に投げ出され、すがるように求めたのが由緒正しき言葉、その歌。「わかき日のからくれなゐや悲しかりける」は今のわが若き日の実感であり、渇いた心に染みとおる美的なリズムだっただろう。山中はこうして「オレンヂ」に入り、活動を始めた。

三人が佐美雄に惹かれたのはその歌の〈由緒正しき〉抽象性であり、乱調の中の正調。それ故に佐美雄は、三人が牽引した前衛短歌へ広がった現代短歌の源流と位置づけられている。

（十一）佐美雄が他界した日

東国の佐美雄は月に数回、朝日新聞歌壇の選歌のために朝日新聞社に出社した。「選歌をおえて銀座をぼんやりと散策するのを楽しみのひとつにしていた」（前川佐重郎「歌人の原郷」・「小説新潮」平成三年七月号）。銀座は青春時代から佐美雄が好んで詠った街でもあった。その楽しみの街銀座で佐美雄は転倒、腰骨を折った。昭和六十二年十二月のことで佐美雄は八十五歳になっていた。

以下は「歌人の原郷」からである。

　翌六十三年一月、藤沢市民病院に入院、入院生活が三ヶ月に及んだ頃、夜になると佐美雄は「家に帰る、奈良に帰る」と時折叫んで看護婦を困らせた。ある土曜の夕方、病室を佐重郎氏が訪ねると佐美雄は歌集をひらきながら、しきりに自分の歌を吟じていた。あの『大和』の絶唱だった。

　春の夜にわが思ふなりわかき日のからくれなゐや悲しかりける

昭和十四年、佐美雄三十六歳の青春愛惜だが、しかし八十六歳の佐美雄が口ずさむと、そこからは別の感慨、自分の全生涯を振り返りながらの命の愛惜となり、さらに切なく美しい。

退院して自宅療養に入った佐美雄は平成元年に肺炎に罹り再び入院、日々衰えていくのがわかった。

ある日、婦長が佐美雄の耳元で「春がすみ…」と囁くと佐美雄は目を見開いて「春がすみいよよ濃くなる眞晝間のなにも見えねば大和と思へ」と声をしぼり出した。

夏の陽があふれる大和原郷に誘われるように、佐美雄が他界びととなったのは、平成二年七月十五日だった。私も参列した葬儀当日の七月十七日、東京は焼けつく酷暑だった。ただ一人、佐美雄だけが涼しげに目を閉じていた。菊の花に埋まった佐美雄は、まことに清潔でスリムな翁だった。

前川佐美雄年譜

作成　三枝昂之

西暦（元号）年齢	年譜	短歌界の動き	社会・文化
1903（明治36）0歳	2月5日（立春）、奈良県南葛城郡忍海村大字忍海字高木（現在葛城市忍海）に父佐兵衛、母久菊の長男として生まれる。家は代々農林業・地主で、祖父佐重良は一族の長老として分家にも采配を振るっていた。	6月、伊藤左千夫「馬酔木」創刊。 10月、佐佐木信綱『思草』刊行。	11月、幸徳秋水ら平民社結成。
1909（明治42）6歳	4月、忍海小学校に入学。学校は家のまむかいにあり、敷地は祖父佐重良の寄附による。	前年10月、「阿羅々木」創刊、11月「明星」終刊。 1月、「スバル」創刊。 11月、石川啄木評論「食ふべき詩」。	
1910（明治43）7歳	身体虚弱のため京大病院に入院。半年余りの療養生活中に絵が好きになり、水彩画を描く。	3月、前田夕暮『収穫』。 4月、若山牧水『別離』。 12月、石川啄木『一握の砂』。	4月、「白樺」創刊。 5月、大逆事件。
1914（大正3）11歳	小学6年生のこの年、初めて短歌をつくる。	前年1月、北原白秋『桐の花』、10月、斎藤茂吉『赤光』。 6月、窪田空穂「国民文学」創刊、木下利玄『銀』。	7月、第一次世界大戦始まる。

1917（大正6）14歳	奈良の儒者越智黄華の正気書院に入り、1年間漢学を学ぶ。	6月、『長塚節歌集』。 10月、東雲堂書店「短歌雑誌」創刊。	2月、萩原朔太郎『月に吠える』。 11月、ロシア革命、ソビエト政権樹立。
1918（大正7）15歳	4月、下渕農林学校林科（現在の奈良県立吉野高校）入学。家業を継ぐためだが油絵を描き、文学書を読む。卒業の年、同盟休校の首謀者とされ無期停学となる。	3月、川田順『伎芸天』。 11月、窪田空穂『土を眺めて』。この年、島木赤彦が「鍛錬道」を唱え始め、翌年以降反アララギ気運が高まる。	7月、「赤い鳥」創刊。 11月、第一次世界大戦終わる。武者小路実篤ら「新しき村」建設。
1920（大正9）17歳	「心の花」奈良支部が発足、奈良公園にて発会式が行われ、川田順出席。佐美雄も参加。12月14日、大阪朝日新聞大和版の「大和歌壇」に処女作「秋更けぬ竹林院のさ庭べにつめたくさける白菊の花」を発表。	4月、「アララギ」に斎藤茂吉「短歌にお於ける写生の説」連載開始。 6月、島木赤彦『氷魚』。 9月、『左千夫全集』第1巻「左千夫歌集」。この年、「短歌雑誌」口語歌投稿欄開設。	3月、戦後恐慌始まる。 5月、東京上野で日本初のメーデー。
1921（大正10）18歳	3月、下渕農林学校卒業、「心の花」に入会。 4月、「心の花」に作品が掲載され、以後活発に活動。 12月、「心の花」同人格となり「晩秋悲歌」12首掲載。佐佐木信綱を奈良ホテルに訪う。	1月、斎藤茂吉『あらたま』。 3月、若山牧水『くろ土』。 4月、北原白秋『雀の卵』。 11月、与謝野寛、第二次「明星」創刊。	2月、「種蒔く人」創刊。この年プロレタリア文学論おこる。

1922（大正11）19歳	2月、祖父佐重良死去。 4月、東洋大学東洋文学科に入学、上京。「心の花」6月号「消息欄」が「奈良なる前川佐美雄氏は絵画研究の為上京せらる」と紹介。 5月、「心の花」の精鋭部隊の「あけぼの会」に初参加、石榑千亦・新井洸・木下利玄・石榑茂らとの交流が始まる。この作品精評の会が歌人としての飛躍のきっかけとなった。 9月、第9回二科展受賞作古賀春江「埋葬」に感激、古賀のキュビズム的表現を通して新興芸術に関心を持ち始める。 11月、「心の花」に「向日葵」12首発表、佐美雄は竹柏会の代表的新人として注目されるようになる。	1月、佐佐木信綱『常磐木』。 4月、小泉苳三「ポトナム」創刊。 5月、萩原朔太郎「現歌壇への公開状」を「短歌雑誌」に寄稿、アララギ万葉調に支配され賃貸した歌壇を批判、論議を呼ぶ。 8月、「心の花」「明星」森鷗外追悼号。 11月、青山霞村・西村陽吉ら『現代口語歌選』。	7月、日本共産党非合法で結成。
1923（大正12）20歳	8月、弟佐香司生まれる。	3月、若山牧水『山桜の歌』。 9月、関東大震災。被害のため雑誌の休廃刊多数。	1月、「文藝春秋」創刊。 2月、高橋新吉『ダダイスト新吉の詩』。 5月、横光利一「日輪」。 この年、懐旧論、労働文学、民衆詩が盛んに論じられ、石川啄木論が多く出る。
1925（大正14）	3月、東洋大学を卒業、帰郷。大和の自然と生活に親しんだ作品をつくる。	前年大正13年、結社の閉鎖性の打破をめざして「日光」が創刊され、口語歌運動	4月、治安維持法公布。 9月、堀口大学『月下の

22歳	プロレタリア文学の「文芸戦線」と、新感覚派の「文芸時代」が創刊されたのは前年の大正13年である。	に大きな刺激を与えた。 2月、土屋文明『ふゆくさ』。 5月、古泉千樫『川のほとり』。岡本かの子『浴身』。釈迢空『海やまのあひだ』。西村陽吉・渡辺順三ら『芸術と自由』創刊。	一群』。 11月、尾形亀之助『色ガラスの街』。この年、文壇では新感覚派、新人生派、プロレタリア文学派が鼎立した。
1926（大正15 昭和元）23歳	相次いで新族四家が没落、その借財の連帯保証人に父がなっていた事で家運が傾く。 8月、奈良市坊屋敷の母の実家に移る。 9月、東京で文学活動をするため上京。「心の花」の編集にも加わる。 12月、この月から「心の花」誌上の作品が一変、『春の日』の世界から『植物祭』の世界へと変化。	1月、新短歌協会創立。 2月、窪田空穂ら「槻の木」創刊。 3月、窪田空穂『鏡葉』。島木赤彦没（49歳）。 7月、島木赤彦『柿蔭集』。「改造」が「特集・短歌は滅亡せざるか」、その中の釈迢空「歌の円寂する時」が反響を呼ぶ。	10月、北川冬彦『検温器と花』。 11月、吉田一穂『海の聖母』。 12月、大正天皇崩御、昭和に改元。
1927（昭和2）24歳	1月、土屋文明が「アララギ」で佐美雄作品を批判、これを契機に文明・佐美雄のいわゆる「模倣論争」が起き、11月まで続く。 11月、「心の花」に「明暗」17首掲載、モダニズム短歌にプロレタリア短歌の要素も加わった多行表記の作品。プロレタリア短歌への関心を強めていることがわかる。佐美雄は「心の花」誌上の「前月歌壇評」を担当、旧態依然の歌壇作品を批判し続ける。	1月、大熊信行ら「まるめら」創刊。 7月、渡辺順三『生活を歌ふ』。 11月、日本歌人協会結成。	7月、芥川龍之介自殺。 この年、金融恐慌が始まり、プロレタリア文学が盛んになる。

1928（昭和3） 25歳	9月、新興歌人連盟が結成され、佐美雄は坪野哲久、筏井嘉一、石榑茂らと準備委員をつとめた。新興歌人連盟叢書が企画され、佐美雄の『植物祭』第一稿がまとめられる。	2月、石榑茂「短歌革命の進展」（「短歌雑誌」）。 5月、古泉千樫『屋上の土』。 6月、与謝野晶子『心の遠景』。 10月、新興歌人連盟第1回大会が開催されるが機関誌「短歌革命」の創刊時期を巡って対立。坪野、渡辺順三らは11月に脱退、無産者歌人連盟結成。 12月、新興歌人連盟解散。	1月、蔵原惟人「無産階級芸術運動の新段階」。横光利一「新感覚派とコンミニズム文学」。 2月、第1回普通選挙実施。 3月、全日本無産者芸術連盟（ナップ）結成。 5月、機関誌「戦旗」創刊。 6月、治安維持法改正、死刑・無期を加える。 9月、「詩と詩論」創刊。 12月、萩原朔太郎「詩の原理」。日本労働組合全国協議会結成。
1929（昭和4） 26歳	3月、石榑茂と歌誌「尖端」創刊。 4月、「短歌戦線」「まるめら」などと協力し、メーデーを記念して『プロレタリア短歌集』を出版、佐美雄は7人の編集委員の一人として「街頭進出」43首を掲載、発行と同時に発禁となった。 7月、「尖端」終刊。佐美雄の『植物祭』は「尖端叢書」として企画されたが今回も実現しなかった。この月、	1月、佐佐木信綱『豊旗雲』。 4月、斎藤茂吉『短歌写生の説』。 5月、短歌戦線社編『一九二九年メーデー記念プロレタリア短歌集』。 6月、結城哀草果『山麓』。 8月、『石榑茂歌集』。 9月、改造社『現代短歌全集』刊行開始。 館山一子『プロレタリア意識の下に』。 11月、斎藤茂吉・前田夕暮らが「空中競詠」を行い、自由律への注目が広がる。	4月、安西冬衛『軍艦茉莉』。中原中也ら「白痴群」創刊。 5月、小林多喜二『蟹工船』。 6月、ブルトン『超現実主義宣言書』（北川冬彦訳）。 7月、春山行夫『植物の断面』。 8月、「改造」創刊十周

	『プロレタリア短歌集』の参加メンバーがプロレタリア歌人同盟を結成、佐美雄も参加。 12月、祖母すま死去、この帰郷を機にプロレタリア歌人同盟から脱退。佐美雄のプロレタリア短歌志向が終わる。	12月、岡本かの子『わが最終歌集』。 この年、前田夕暮の「詩歌」が自由律に転換、自由律短歌が全盛期を迎える。	年記念懸賞文芸評論発表、一等宮本顕治「敗北の文学」、二等小林秀雄「様々なる意匠」。 10月、ニューヨーク株式大暴落、世界大恐慌が始まる。 11月、西脇順三郎『超現実主義詩論』。
1930（昭和5） 27歳	7月、第一歌集『植物祭』を「心の花叢書」として刊行。装幀古賀春江、序佐佐木信綱。前回までの「草稿を土台として、今度作品の選択をかへ面目を一新」と後記にある。自由律志向が強い新しい短歌の中で〈定型遵守のモダニズム〉という点に『植物祭』の特色がある。 10月、「心の花」が『植物祭』批評特集を組む。43人、93頁の大特集。 12月、腸チフスにかかり東大病院内科に入院し越年。このために渡欧計画が挫折。この月、石川信雄、木俣修らと定型尊重の芸術派の雑誌をつくるために短歌作品社を起こした。	1月、坪野哲久『九月一日』（発禁）。プロレタリア歌人同盟『プロレタリア歌論集』。 4月、石川信夫・筏井嘉一ら「エスプリ」創刊。 9月、福田栄一『冬艶曲』。短歌前衛社編『一九三〇年版プロレタリア短歌集』。 10月、山下陸奥「一路」創刊。 12月、土屋文明『往還集』。	3月、吉田一穂『故園の書』。龍膽寺雄ら新興芸術派倶楽部結成。

年			
1931（昭和6）28歳	1月、1日の大阪朝日新聞大一面に作品5首が載る。石川信夫、斎藤史らと「短歌作品」を創刊。創刊号作品「復讐」は「野にかへり野に爬蟲類をやしなふはつひに復讐にそなへむがため」など『植物祭』が一歩踏み出した世界だった。3月、東大病院を退院。9月、改造社の『現代短歌全集』第21巻「前川佐美雄集」に２００首収録される。	1月、柳田新太郎「短歌新聞」創刊。初心者向け短歌誌「短歌春秋」創刊。4月、岡山巌「歌と観照」創刊。7月、中村憲吉『軽雷集』。9月、佐佐木信綱『鶯』。10月、改造社『短歌講座』全12巻刊行開始。12月、八代東村『一隅より』。この年、プロレタリア短歌は政治色を強め、詩への解消論が起きる。	1月、田河水泡「のらくろ二等兵」連載開始。7月、小林秀雄『文芸評論』。9月、満洲事変始まる。11月、マルクス主義文化運動の組織的統一を図るためナップを解散、日本プロレタリア文化連盟（コップ）結成。
1932（昭和7）29歳	1月、「短歌作品」に「恢復期」30首掲載。この年の作品を通して原風景としての〈霞の中の混沌〉を獲得。12月、父佐兵衛死去。	1月、プロレタリア歌人同盟解散。9月、前田夕暮『水源地帯』。10月、改造社が総合雑誌「短歌研究」創刊、木村捨録「日本短歌」創刊。12月、渡辺順三『史的唯物論より観たる近代短歌史』。この年、モダニズム短歌やプロレタリア短歌の自由律の影響を受け、歌壇に散文化現象が広がる。	1月、上海事変起こる。3月、満州国建国。コップに対する大弾圧が始まり、中野重治ら４００人が6月までに検挙。保田与重郎ら「コギト」創刊。5月、五・一五事件、犬養毅首相暗殺。12月、飯田蛇笏『山廬集』。
1933（昭和8）30歳	2月、奈良に帰住。この年「短歌作品」を「カメレオン」と改題したが、佐美雄の作歌活動は低調で、本人の弁によるとこの年の歌作は一日だけ。	2月、古泉千樫『青牛集』。『与謝野寛短歌全集』。9月、土岐善麿『新歌集作品Ⅰ』。12月、太田水穂『鷺・鵜』。	1月、大塚金之助、河上肇検挙。ドイツでナチスが政権獲得。2月、小林多喜二検挙、

	1934（昭和9） 31歳
	6月、「カメレオン」同人39名を率いて「日本歌人」を創刊。春山行夫、尾山篤二郎、小林秀雄、竹中郁、堀口大学らが寄稿。
	3月、『三ヶ島葭子全歌集』。 4月、北原白秋『白南風』。 6月、石榑千亦『海』。窪田空穂『さざれ水』。 10月、吉井勇『人間経』。
虐殺。 3月、日本が国際連盟脱退。 4月、渡辺順三ら「短歌評論」創刊。 7月、三木清ら学問自由同盟結成、急激なファシズムの進行に危機感が広がる。 10月、「文學界」創刊。 11月、「文芸」が創刊され、〈純文学の更生〉を目指した文芸復興の動きが盛ん。	3月、内務省警保局指導で文芸懇話会結成、文芸統制の一つ。 6月、萩原朔太郎『氷島』。 10月、『川端茅舎句集』。 12月、中原中也『山羊の歌』。前年の多喜二虐殺以降転向が相次ぎ、この年から11年にかけて転向文学と転向論議が盛ん。

1935（昭和10）32歳	この年、「日本歌人」を発行しながら「心の花」にも作品掲載。大和を素材にした歴史的時間と格闘している歌が多い。昭和16年に刊行される『白鳳』はこの年までの作品で構成されている。	3月、与謝野寛没（62歳）。5月、土屋文明『山谷集』。6月、北原白秋「多磨」創刊、歌壇の自由律と散文化現象を批判。10月、結城哀草果『すだま』、生方たつゑ『山花集』。	2月、美濃部達吉が主唱した天皇機関説が問題となり、美濃部は貴族院議員を辞職させられる。3月、保田与重郎ら「日本浪曼派」創刊。9月、芥川賞・直木賞創設。10月、伊東静雄『わがひとに与ふる哀歌』。
1936（昭和11）33歳	2月、二・二六事件が起き「心の花」の『植物祭』批評特集において評価してくれた齋藤瀏が「反乱に利した罪」で検挙され、衝撃を受ける。	2月、前田夕暮・西村陽吉ら「新短歌クラブ」結成。7月、五島美代子『暖流』。11月、日本歌人協会解散し、大日本歌人協会発足、伝統尊重と定型遵守を標榜し、自由律短歌は曲がり角を迎えた。12月、石川信夫『シネマ』。	2月、二・二六事件起こる。3月、武田麟太郎ら超国家主義的同校に抗して「人民文庫」創刊。10月、保田與重郎「日本の橋」。12月、堀辰雄「風立ちぬ」。
1937（昭和12）34歳	6月、「日本歌人」会員の野沢緑と結婚。この年から佐美雄作品に戦争が影を落とすようになる。	1月、坪野哲久「鍛冶」創刊。土岐善麿が「近詠」48首で定型に復帰。7月、風巻景次郎「短歌と雖も終焉を遂げる時はある」（「日本短歌」）。10月、加藤克巳『螺旋階段』。12月、改造社『新万葉集』刊行開始。佐佐木信綱、文化勲章受章。帝国芸術院創設され、信綱・尾上柴舟・斎藤茂吉が会員となる。	7月、盧溝橋事件が起き、日中戦争の発端となる。10月、国民精神総動員中央連盟結成。12月、日本軍が南京を占領。「愛国行進曲」演奏発表会。

1938（昭和13）35歳		7月、五島茂「立春」創刊。12月、大日本歌人協会編『支那事変歌集・戦地篇』、読売新聞社編『支那事変歌集』。	4月、国家総動員法発布。
1939（昭和14）36歳	6月、次女寿々子誕生（前年生まれた長女は5日目に死亡）。9月、保田與重郎企画の浪曼叢書の第一冊として選集『くれなゐ』刊行。「日本浪曼派」の保田、亀井勝一郎らと、また棟方志功、岡本太郎と親交を結ぶ。10月、「日本歌人」に「新古典主義の方向」を掲載、新古典主義を標榜する。この年、佐美雄の代表歌となる秀歌が多く作られた。	2月、明石海人『白描』。6月、坪野哲久『百花』。齋藤瀏『波濤』。	1月、「文芸」で高見順「如何なる星の下に」連載始まる。3月、国民精神総動員委員会設置。4月、大陸開拓のペン部隊が満州へ出発。6月、国民精神総動員委員会、パーマネント禁止、学生の長髪禁止。9月、第二次世界大戦始まる。
1940（昭和15）37歳	7月、合同歌集『新風十人』に参加、作品135首。これは筏井嘉一、斎藤史、佐藤佐太郎、坪野哲久らも参加して昭和期でもっとも評価の高い合同歌集。8月、歌集『大和』刊行。12月、『短歌文学講座』に「佐佐木信綱その他」を執筆。	2月、大日本歌人協会編『紀元二千六百年奉祝歌集』。7月、坪野哲久『櫻』。中野重治「斎藤茂吉ノオト」連載開始。8月、北原白秋『黒檜』。筏井嘉一『荒栲』。佐佐木信綱『瀬の音』。9月、斎藤史『魚歌』。佐藤佐太郎『歩道』。11月、大日本歌人協会解散。	2月、平畑静塔ら京大俳句グループ検挙、5月に渡辺白泉、8月に西東三鬼と続き、新興俳句壊滅。9月、日独伊三国同盟調印。10月、大政翼賛会発足。この年、文化思想団体の政治活動が全面禁止され、文学における戦時体制が整う。

1941（昭和16）38歳	7月、歌集『白鳳』刊行（刊行順では第三歌集となるが、内容的には第二歌集で『大和』が第三歌集）。8月、当局の命令により「日本歌人」第8巻第80号をもって終刊となる。この年の冬から佐美雄の歌は公的な戦争歌と、不如意な時代を嘆く私的短歌に分かれる。	1月、加藤将之『対象』。吉植庄亮『開墾』。山口茂吉『赤土』。2月、山本友一『北窓』。3月、都筑省吾『夜風』。館山一子『彩』。8月、鹿児島寿蔵『潮汐』。柴生田稔『春山』。10月、大日本歌人協会編『支那事変歌集・銃後篇』。12月、渡辺順ら「短歌評論」グループ検挙される。この年、北原白秋・窪田空穂が芸術院会員となる。	2月、情報局、各総合誌に執筆禁止者名簿を内示。5月、初の肉なし日実施。6月、中村草田男『萬緑』。10月、東條英機内閣成立。11月、作家の徴用始まる。12月8日、日本軍がハワイ真珠湾を奇襲、日中戦争が昭和の大戦へ拡大。
1942（昭和17）39歳	3月、歌集『天平雲』刊行。8月、勤労動員の呼出状が届く。俳人栗山朝陽が主事をしている「古事記纂録功臣顕彰会」参与として売田神社（稗田阿礼）、小杜神社（太安万侶）の再興に関与。9月、義弟野沢弥太郎応召。	1月、大日本歌人会が報国宣言。「短歌研究」が「宣戦の詔勅を拝して・作品特集」。3月、北原白秋『短歌の書』。5月、大日本歌人会解散、翌月日本文学報国会短歌部会となる。与謝野晶子没（63歳）。9月、与謝野晶子『白桜集』。11月、日本文学報国会「愛国百人一首」選定。北原白秋没（57歳）。	6月、日本文学報国会結成。「皇国ノ伝統ト理想トヲ顕現スル」のが目的。ミッドウェー海戦が始まり日本海軍は大敗。7月、三好達治『捷報いたる』。新聞を一県一紙に統合。
1943（昭和18）40歳	1月、初期作品を集め、『春の日』として刊行。2月、頌歌『大和し美し』刊行。6月、長男佐重郎誕生。	4月、北原白秋『牡丹の木』。6月、土屋文明『少安集』。7月、斎藤史『朱天』。9月、日本文学報国会編『大東亜戦争歌	2月、日本軍のガダルカナル島撤退を開始。小林秀雄「実朝」連載開始。3月、谷崎潤一郎「細雪」

年	事項	歌壇	社会
	8月、「民族短歌」顧問となり、「日本歌人」会員の作品発表の場とする。 12月、義弟野沢弥太郎戦死。	集』。 12月、「短歌研究」が特集「学徒出陣の歌」。	検閲当局の圧力で連載中止。 5月、アッツ島日本軍玉砕。 9月、イタリア降伏。 10月、法文系学生の入営延期停止、雨中の明治神宮外苑競技場で出陣学徒壮行会挙行。 11月、第二次雑誌統合が始まり、歌誌の統合、廃刊も多し。
1944（昭和19）41歳	1月、弟佐香司肺結核のため死去（22歳）。	4月、日本出版会歌誌統合を決定、「アララギ」「多磨」「心の花」「国民文学」など16誌存続。 7月、改造社解散、「短歌研究」は11月に日本短歌社へ移る。	1月、横浜事件、改造社7月解散。 3月、享楽停止のため歌舞伎座など大劇場閉鎖。 6月、マリアナ沖海戦、日本海軍は空母、航空機の大半を失う。 7月、東條内閣総辞職。サイパン島玉砕。 8月、政府は国民層武装を決定、竹槍訓練、学童集団疎開が始まる。 10月、レイテ沖海戦、連合艦隊は事実上壊滅。 11月、B29東京を初空襲。

1945（昭和20）42歳	1月、歌集『金剛』刊行。 4月、妻子を鳥取県八頭郡丹比南の「日本歌人」会員杉原一司の生家に疎開させる。 以後、5月、6月、敗戦後と佐美雄の鳥取行は続く。その折々の作品が佐美雄における敗戦詠となる。	3月、土屋文明『韮菁集』。 5月、佐藤佐太郎「歩道」創刊。 11月、土岐善麿『秋晴』。佐佐木信綱『黎明』。この年、度重なる空襲で各短歌雑誌発行不能となる。敗戦後に「短歌研究」と「アララギ」が復刊9月号を出すが、発行は10月以降。	1月、米軍による日本本土連続大空襲始まる。 3月、東京大空襲。歌人たちの疎開も広がる。 8月、広島と長崎に原爆投下、15日降伏。 9月、沖縄戦が終わる。占領軍検閲が始まる。 10月、「新生」創刊号で福本和夫が斎藤茂吉の戦争詠を批判、以後短歌の戦争責任を問う声が広がる。 12月、宮本百合子「歌声よおこれ」。
1946（昭和21）43歳	1月、家族が鳥取より奈良に帰る。 7月、歌集『紅梅』刊行。最も早い戦後歌集として注目されたが、翌年集中的な批判を受ける。 11月、評論集『短歌随感』刊行。同月歌誌「オレンヂ」を創刊し、「日本歌人」復刊に備える。 12月、この月に創刊された短歌総合誌「八雲」に平田次三郎が「『紅梅』について」を寄稿、この批判を発端として佐美雄批判が続く。	2月、渡辺順三ら新日本歌人協会を設立し、「人民短歌」創刊。 3月、小田切秀雄「歌の条件」（「人民短歌」）。窪田章一郎「まひる野」創刊。 5月、臼井吉見「短歌への訣別」（「展望」）。 6月、植松壽樹「沃野」創刊。 10月、土岐善麿『夏草』。福田栄一「古今」創刊。 11月、宮柊二『群鶏』。渡辺順三『新しき日』。	1月、GHQ軍国主義者等の公職追放。本多秋五・平野謙・埴谷雄高ら「近代文学」創刊。 2月、荒正人「第二の青春」。 4月、文学者の戦争責任論始まる。 5月、極東軍事裁判始まる。 11月、桑原武夫「第二芸術」（「世界」）。

年	事項	歌壇	社会
		12月、近藤芳美・加藤克巳ら新歌人集団結成。	12月、総合雑誌「八雲」創刊。この年、短歌俳句の否定論が盛んになる。
1947（昭和22）44歳	4月、歌集『植物祭』の増補改訂版刊行。6月、選集『一茎一花』刊行。10月、歌集『寒夢抄』刊行。11月、歌集『積日』刊行。この年、荒正人らに『紅梅』を批判される。	3月、釈迢空『古代感愛集』。4月、会津八一『寒燈集』。5月、桑原武夫「短歌の運命」（「八雲」）。6月、近藤芳美「新しき短歌の規定」（「短歌研究」）。10月、吉野秀雄『寒蝉集』。「斎藤茂吉研究」（「余情」）。12月、正田篠枝『さんげ』。	1月、2・1ゼネストにマッカーサーの中止命令。3月、田村泰次郎「肉体の門」。5月、日本国憲法施行。7月から10月、太宰治「斜陽」（「新潮」）。9月、鮎川信夫ら詩誌「荒地」創刊。10月、闇米を拒否した山口良忠判事が栄養失調で死亡。この年、短歌における結社批判、解散論も起こる。
1948（昭和23）45歳	7月、母久菊死去。この年、農地解放により故郷の田畑地床の大半を失う。	1月、窪田章一郎『初夏の風』。小野十三郎「奴隷の韻律」（「八雲」）。2月、近藤芳美『早春歌』『埃吹く街』。「窪田空穂研究」（「余情」）。5月、土屋文明『山下水』。6月、「土岐善麿研究」（「余情」）。「佐佐木信綱研究」（「余情」）。	1月、帝銀事件。野間宏「崩壊感覚」。2月、大岡昇平「俘虜記」掲載開始（「文學界」）。文筆家の公職追放リスト発表。6月、太宰治玉川上水入水自殺。

年	事項	短歌	社会
		7月、木俣修『冬暦』。9月、岡麓『涌井』。日本歌人クラブ創立。10月、宮柊二『小紺珠』。11月、『佐佐木信綱全集』全10巻刊行開始。12月、半田良平『幸木』。福田栄一『この花に及かず』。太田水穂・吉井勇・金子薫園、芸術院会員となる。この年、川田順と鈴鹿俊子の恋愛が〈老いらくの恋〉と話題になる。	11月、極東軍事裁判判決、死刑7名、無期禁錮16名、有期禁錮2名。12月、大岡昇平「野火」(「文体」)。
1949(昭和24)46歳		1月、「若山牧水研究」(「余情」)。4月、斎藤茂吉『小園』。宮柊二『山西省』。6月、宮柊二「孤独派宣言」(「短歌雑誌」)。7月、高安国世『真実』。8月、斎藤茂吉『白き山』。塚本邦雄ら同人誌「メトード」創刊。9月、北見志保子・五島美代子ら「女人短歌」創刊。	1月、木下順二「戯曲夕鶴」。7月、下山事件、三鷹事件。三島由紀夫『仮面の告白』。8月、松川事件。10月、『きけわだつみのこえ』。11月、湯川秀樹ノーベル物理学賞受賞。
1950(昭和25)47歳	1月、「オレンヂ」を「日本歌人」に復し奈良で続刊。2月、歌集『鳥取抄』刊行。これは昭和20年の鳥取詠を第1部、24年の大山旅行の折の作品を第2部として構成。	2月、太田青丘『国歩のなかに』。4月、窪田章一郎『ちまたの響』。小暮政次・近藤芳美ら合同歌集『自生地』。5月、伊藤保『仰日』。10月、生方たつゑ『浅紅』。11月、葛原妙子『橙黄』。小名木綱夫『太	6月、朝鮮戦争始まる。伊藤整訳『チャタレイ夫人の恋人』に猥褻判決(一審)。8月、高柳重信『蕗子』。警察予備隊創設。

		鼓』。山本友一『布雲』。植松壽樹『渦若葉』。	12月、池田勇人蔵相「貧乏人は麦を食え」発言。
1951（昭和26）48歳	10月、「短歌研究」に評論「翼の回復について」寄稿。佐美雄の本格的な活動再開を思わせる主張に注目が集まる。	1月、釈迢空「女人の歌を閉塞したもの」（「短歌研究」）、その中のアララギ批判をめぐって論争が起きる。 4月、大野誠夫・近藤芳美ら合同歌集『新選五人』。 6月、近藤芳美・岡井隆ら歌誌「未来」創刊。 7月、大野誠夫『薔薇祭』。 8月、塚本邦雄『水葬物語』。「短歌研究」が「モダニズム短歌特集」。	6月、カミュ「異邦人」（窪田啓作訳）、「異邦人」論争も起きる。 8月、「荒地」同人編『荒地詩集』。 9月、サンフランシスコ講和条約・日米安全保障条約調印。
1952（昭和27）49歳	9月、『現代短歌全集』（創元社）第7巻に作品200首掲載。	2月、佐藤佐太郎『帰潮』。 3月、「短歌研究」「前衛短歌」の名称出る。 6月、川田順『東帰』。 8月、創元社『現代短歌全集』・河出書房『現代短歌大系』刊行開始。 12月、佐佐木信綱『山と水と』。「多磨」廃刊。この年、歌誌「まひる野」を中心に民衆短歌論が起こる。	5月、血のメーデー。 6月、谷川俊太郎『二十億光年の孤独』。 7月、破壊活動防止法公布。 8月、高見順「昭和文学盛衰記」（「文學界」）。
1953（昭和28）50歳	この年、「日本歌人」は5月に休刊、10月から翌年5月まで休刊。この頃から休刊が目立ち始める。	2月、斎藤茂吉没（70歳）。 7月、五島美代子『母の歌集』。 8月、森岡貞香『白蛾』。 9月、釈迢空没（66歳）。	1月、山本健吉「第三の新人」（「文學界」）、安岡章太郎・庄野潤三など戦後派に続く新人をこう呼び、

年	事項	短歌	社会
		10月、宮柊二『日本挽歌』。前田透『漂流の季節』。この年、宮柊二「コスモス」（3月）、木俣修「形成」（5月）、香川進「地中海」（5月）、加藤克巳「近代」（10月、後に「個性」と改名）など、新歌人集団世代の歌誌創刊が続き、茂吉・迢空の死とともに世代の変化を印象づけた。	その小市民的特徴を指摘した。 2月、テレビ放送開始。
1954（昭和29）51歳	1月、大阪読売新聞「読売歌壇」選者となる。同月「短歌研究」に「鬼百首」を寄稿、賛否激しい反響を呼ぶ。徒手空拳の敗戦歌というべきこの大作によって佐美雄の戦後は終わり、以後、作品は自在に広がっていった。 2月、「短歌研究」で亀井勝一郎、芳賀壇と座談会「美を守る者」。 7月、「読売歌壇」選者を辞す。『昭和文学全集』（角川書店）第41巻「昭和短歌・昭和俳句」に64首掲載。 9月、朝日新聞「朝日歌壇」選者となる。	1月、短歌商業誌「短歌」（角川書店）創刊。 2月、斎藤茂吉『つきかげ』。 7月、「短歌研究」50首詠第1回目入選中城ふみ子「乳房喪失」、11月第2回入選寺山修司「チェホフ祭」、同月「短歌研究・現代短歌評論賞」第1回受賞菱川善夫「敗北の抒情」・高原拓造（上田三四二）「異質への情熱」。中城ふみ子『乳房喪失』。 10月、『折口信夫全集』全31巻（中央公論社）刊行開始。短歌が大きく動き始めた年であった。	3月、ビキニの米水爆実験により第五福竜丸被災、のちに乗員久保山愛吉死亡。武田泰淳「ひかりごけ」（「新潮」）。 5月、谷川雁「原点が存在する」（「母音」）。 6月、吉本隆明「マチウ書試論」（「現代評論」）。 7月、自衛隊発足。 8月、飯田龍太『百戸の谿』。 12月、庄野潤三「プールサイド小景」（「群像」）。
1955（昭和30）52歳	10月、角川短歌賞が創設され選者となる。この年該当者なし。	3月、葛原妙子「再び女人の短歌を閉塞するもの」（「短歌」）。 5月、馬場あき子『早笛』。 6月、釈迢空『倭をぐな』。	7月、石原慎太郎「太陽の季節」（「文學界」）、この年下半期芥川賞、太陽族という新風俗を生み出す。

年	事項	短歌関連	社会・文学
		8月、河野愛子『木の間の道』。 9月、宮柊二『埋没の精神』。 この年、「短歌研究」誌上で交わされた大岡信と塚本邦雄のいわゆる「方法論争」で前衛短歌の志向が示される。また、翌年には大西民子『まぼろしの椅子』、北沢郁子『その人を知らず』、富小路禎子『未明のしらべ』などが刊行され、女性新人の活動が活発となる。	砂川事件。 10月、金子兜太『少年』。 11月、江藤淳「夏目漱石」（「三田文學」）。 この年、吉本隆明が「高村光太郎ノート」「前世代の詩人たち」で戦中戦後の文学者の戦争責任について再検討を提起。戦後の戦争責任論が崩壊する発端となる。
1957（昭和32）54歳	9月、『現代日本文学全集』（筑摩書房）第90巻「現代短歌集」に338首収録。	3月、山中智恵子『空間格子』。 8月、田谷鋭『乳鏡』。尾崎左永子『さるびあ街』。 10月、生方たつゑ『白い風の中で』。 この年、「短歌研究」誌上で交わされた吉本隆明と岡井隆のいわゆる「定型論争」は短歌論の土台への関心を呼び、以後の短歌論進展の契機ともなった。	この年、大江健三郎が「奇妙な仕事」「死者の奢り」「他人の足」などを発表、新しい世代の作品が注目を集めた。
1958（昭和33）55歳	1月、「主婦と生活」短歌欄の選者となる。	2月、菱川善夫『敗北の抒情』。6月、寺山修司『空には本』。 10月、塚本邦雄『日本人霊歌』。 11月、塚本邦雄・岡井隆ら「新唱十人」（「短歌・誌上歌集」）。青年歌人会議編「現代短歌事典」（「短歌」臨時増刊）。	1月、大江健三郎「飼育」（「文學界」）、第39回芥川賞を受賞し新世代の旗手となる。

		この年、前衛短歌運動が加速し、呼応する形で短歌同人誌運動が盛んになる。	
1959（昭和34）56歳	7月、角川文庫『前川佐美雄歌集』出版。 8月、歌集『春の日』に未収録の初期作品152首を「青春歌集『春の日』以前」として「短歌研究」掲載。	5月、武川忠一『氷湖』。 9月、葛原妙子『原牛』。	1月、江藤淳『作家は行動する』。 9月、伊勢湾台風、死者5098名。
1960（昭和35）57歳	4月、「日本歌人」休刊、 6月と9月に発行したが10月から昭和37年まで休刊。	五月、塚本邦雄、山中智恵子ら同人誌「極」創刊。 9月、春日井建『未青年』。窪田空穂『老槻の下』。 12月、短歌運動誌「律」創刊。	6月、日米安保条約改定への広範な反対運動の中で大学生樺美智子が死亡。 10月、浅沼稲次郎社会党委員長、右翼青年に刺殺される。 12月、深沢七郎「風流夢譚」（「中央公論」）、深沢は右翼に狙われ逃亡生活に入る。 この年、12月に青年歌人岸上大作の自死もあり、大きく揺れた一年だった。
1961（昭和36）58歳	1月、読売新聞（大阪）に「随想」の連載が始まる。週に一度、一年間。	2月、岡井隆『土地よ、痛みを負え』。 6月、岸上大作『意志表示』。平井弘『顔をあげる』。 8月、塚本邦雄「坪野哲久論」（「短歌」）。これを契機に合同歌集『新風十人』や佐	2月、「風流夢譚事件」で右翼少年が中央公論の嶋中社長邸を襲い、家人2人を殺傷。この年、文学者・出版社への右翼の圧

		美雄評価の気運が高まる。	力が強まり、文学のあり方への議論も広がった。
1963（昭和38）60歳	12月、2日に他界した師佐佐木信綱の葬儀が東京青山葬儀所で7日に行われ、参列。	4月、東京歌人集会主催「現代短歌シンポジウム」開催。 8月、島田修二『花火の星』。 この年、「ハムレット」「蟹工船」の共同制作が行われ、定型の可能性を拡大するためのさまざまな試みが続いた。また、篠弘が前衛短歌の登場を現代短歌の出発点に置く短歌史を提起、前衛短歌を史的に位置づける作業が始まる。	5月、奥野健男「『政治と文学』理論の破産」（「文藝」）。 11月、柴田翔「されどわれらが日々――」（「象」）。
1964（昭和39）61歳	1月、読売新聞（大阪）に「秀歌鑑賞」の連載が始まる。週に二度、昭和43年3月まで。それが昭和40年の『秀歌十二月』（筑摩書房）、42年の『日本の名歌』（筑摩書房）、44年の教養文庫『名歌鑑賞—古典の四季』となった。 8月、歌集『捜神』刊行。 12月、斎藤正二「前川佐美雄歌注」が「短歌」に掲載。『積日』を通して佐美雄短歌の魅力を分析。 この年、短歌ジャーナリズムの保守化が始まり、以後、前衛短歌批判が多くなる。	6月、清原日出夫『流氷の季』。草月会館で「フェスティバル律」開催。前登志夫『子午線の繭』。 12月、深作光貞「ジュルナール律」創刊。 この年、短歌ジャーナリズムの保守化が始まり、以後、前衛短歌批判多し。	8月、「近代文学」終刊。 10月、大江健三郎「ヒロシマ・ノート」連載開始（「世界」）。

1965（昭和40）62歳	11月、『秀歌十二月』を筑摩書房から刊行。	2月、角川書店『窪田空穂全集』（全28巻・別冊）第1巻配本開始。 5月、塚本邦雄『緑色研究』。 8月、寺山修司『田園に死す』。	1月、井伏鱒二「黒い雨」連載開始（「新潮」）。 2月、米軍の北ベトナム空爆開始。 5月、吉本隆明『言語にとって美とはなにか』。 8月、三島由紀夫「春の雪」連載開始（「新潮」）。11月、高橋和巳『憂鬱なる党派』。開高健らが「ニューヨーク・タイムズ」に「ベトナムに平和を」全面広告掲載。
1966（昭和41）63歳	春に福島県勿来に旅行、その折りの「勿来まで」は自在な軽みを帯びて、以後の旅の歌に新しい境地を開き、歌集『白木黒木』の特色の一つとなる。6月、菱川善夫が「現代短歌史論序説」を執筆、『新風十人』における佐美雄や坪野哲久の象徴表現を現代短歌の出発点とする論点を提出した。	1月、佐藤通雅「路上」創刊。 2月、滝沢亘『断腸歌集』。 7月、齋藤正二『戦後の短歌』。 10月、東京歌人集会編『現代短歌'66』。	1月、早稲田大学で授業料値上げ反対運動を発端に全学ストが始まる。 3月、遠藤周作『沈黙』。 5月、高橋和巳『孤立無援の思想』。 6月、ビートルズ日本公演。 9月、サルトル、ボーヴォワール来日、各地で講演。 11月、吉本隆明「共同幻想論」連載始まる（「文藝」）。

1967（昭和42）64歳	5月、東洋大学相談役となる。 12月、『日本の名歌』を筑摩書房より刊行。	1月、「ベトナムに平和を！歌人の集い」発足。前田透「詩歌」（第三次）復刊。 4月、窪田空穂没（89歳）。 7月、吉野秀雄没（65歳）。 9月、岡井隆『眼底紀行』。 10月、岡野弘彦『冬の家族』。 11月、土屋文明『青南集』『続青南集』。安森敏隆・永田和宏ら「幻想派」創刊。 12月、「共同研究・戦後短歌史」連載開始（「短歌」）。 迢空賞創設され、第1回吉野秀雄受賞。	2月、川端康成・三島由紀夫ら中国文化大革命に抗議声明。
1968（昭和43）65歳	5月、筑摩書房『現代短歌大系68 現代歌集』の「プロレタリア短歌集」に43首収録。	1月、富士田元彦編『律'68』。 3月、小野茂樹『羊雲離散』。 9月、山中智恵子『みずかありなむ』。	9月、厚生省水俣病の原因をチッソ工場排水と断定。 10月、川端康成ノーベル文学賞受賞。
1969（昭和44）66歳	8月、『名歌鑑賞――古典の四季』を社会思想社から刊行。 12月、上田三四二『現代歌人論』に「前川佐美雄」収録。	4月、福島泰樹・三枝昻之ら「反措定」創刊。 9月、塚本邦雄『感幻楽』。 10月、福島泰樹『バリケード・一九六六年二月』。浜田到『架橋』。岡井隆『現代短歌入門』。	1月、東大闘争安田講堂攻防戦。 6月、高橋和巳「わが解体」連載開始（「文藝」）。 10月、清水昶『少年』。この年、学園闘争は全国の大学、高校に広がるも、秋までに敗退。

年	事項	歌壇	社会
1970（昭和45）67歳	5月、「心の花」に佐佐木幸綱「ある戦後ー前川佐美雄」を掲載。 12月、奈良を離れ神奈川県茅ヶ崎市東海岸に移る。	5月、運動誌「レポ律」創刊。 7月、春日井建『行け帰ることなく』。 10月、佐佐木幸綱『群黎』。 12月、『塚本邦雄歌集』。『岸上大作全集』。大島史洋『藍を走るべし』。 この年、春日井建が歌集『行け帰ることなく』を出して短歌から離れ、夏に岡井隆が失踪、現代短歌が曲がり角を迎えた象徴的な出来事として歌人たちに衝撃を与えた。	3月、赤軍派日航機「よど号」ハイジャック。小田実・高橋和巳・柴田翔ら「人間として」創刊。 11月、三島由紀夫自衛隊市ヶ谷駐屯地で割腹自殺。
1971（昭和46）68歳	3月、「短歌」に「東の壁」25首を掲載。佐美雄の東国詠のはじまりとして注目される。 6月、大和平岡の前川家菩提寺極楽寺に歌碑建立。 12月、歌集『白木黒木』（角川書店）刊行。	1月、『寺山修司全歌集』。 9月、塚本邦雄歌論集『夕暮の階調』。	3月、東京多磨ニュータウン入居開始。 4月、『飯田蛇笏全句集』。 6月、新宿高層ビル第一号の京王プラザホテル開業。 この年、前年に続き歌人俳人の全作品集出版が盛ん。曲がり角の時代に業績の再確認の気運から。文壇では内向の世代論争が起こる。

年	事績	歌壇	社会
1972（昭和47）69歳	2月、「短歌」が「前川佐美雄の作歌50年」を特集。同号から「わが大和の記」連載開始。 6月、第6回迢空賞を『白木黒木』及びそれまでの全業績により受賞。	1月、「雁」創刊。 4月、『現代短歌'72』。 5月、河野裕子『森のやうに獣のやうに』。 6月、『岡井隆歌集』。 9月、菱川善夫『現代短歌美と思想』。 10月、三一書房版『現代短歌大系』全12巻配本開始（第3巻が前川佐美雄・坪野哲久・五島美代子）。	1月、グアム島で旧陸軍生き残りの横井庄一軍曹保護。 2月、連合赤軍浅間山荘銃撃事件。 4月、川端康成ガス自殺（72歳）。 10月、『高柳重信全句集』。
1976（昭和51）73歳	4月、『前川佐美雄歌集』を五月書房より刊行。	1月、角川新鋭歌人叢書開始、第1回下村光男『少年伝』。48年に反措定叢書（第1回三枝昂之『やさしき志士達の世界へ』、第2回伊藤一彦『瞑鳥記』、第3回三枝浩樹『朝の歌』）。49年に茱萸叢書（第1回村木道彦『天唇』、第2回福島泰樹『晩秋挽歌』、第3回永田和宏『メビウスの地平』）が始まっており、若い世代の歌集叢書が盛んとなった。 4月、前登志夫『山河慟哭』。 7月、佐佐木幸綱『極北の声』。 10月、篠弘『現代短歌論争史明治大正編』。	3月、東京新宿に俳句文学館開館。 6月、村上龍「限りなく透明に近いブルー」。
1977（昭和52）74歳	8月、選歌集『方響』を短歌新聞社より刊行。	3月、馬場あき子『桜花伝承』。 7月、短歌総合誌「短歌現代」創刊。	11月、『日本近代文学大事典』全6巻刊行。

1979（昭和54）76歳	6月、三枝昂之が「かりん」で「前川佐美雄論」の連載開始（58年4月号まで）。		
1981（昭和56）78歳	3月、『研究資料現代日本文学⑤短歌』の「前川佐美雄」を塚本邦雄が、「新風十人」を菱川善夫が執筆。 5月、愛蔵版『植物祭』を四季出版より刊行。	4月、今野寿美『花絆』（前年阿木津英『紫木蓮まで・風舌』、道浦母都子『無援の抒情』、翌年沖ななも『衣装哲学』、井辻朱美『地球追放』など刊行、若い女性歌人の活躍広がる）。	3月、中国残留孤児47名初の正式来日（26名身元判明）。 10月、閣議、当用漢字を廃し、常用漢字表を決定。
1982（昭和57）79歳	2月、「心の花」1000号記念号の「心の花年史」が大正12年からの佐美雄の活躍を記録。 6月、『大和まほろばの記』を角川書店より刊行。	7月、佐佐木幸綱『作歌の現場』。 8月、岡井隆『人生の視える場所』。 9月、武川忠一「音」創刊。	6月、東北新幹線開業。 11月、上越新幹線開業。
1983（昭和58）80歳	10月、「朝日歌壇・俳壇中国の旅」の同行講師として中国を訪問、鑑真ゆかりの大明寺などを訪ねる。 この年2月、「国文学」の特集「短歌に何を求めるか」で石川一成が「前川佐美雄論」を執筆。 8月、「短歌研究」で三枝昂之が「前川佐美雄―〈喪神〉と〈捜神〉の二重性」を執筆。		4月、東京ディズニーランド開業。

1985（昭和60）82歳	1月、『植物祭』が短歌新聞社の名歌集復刻シリーズの一冊として刊行される。	4月、木俣修没（76歳）。 5月、寺山修司没（47歳）。	この年、パソコン・ワープロの普及急。
1986（昭和61）83歳	4月、伏見稲荷に歌碑建立。 5月、故郷大和新庄町の名誉町民となる。この月「国文学解釈と鑑賞」の特集「現代短歌の世界」の「前川佐美雄」を金子博が執筆。	1月、塚本邦雄「玲瓏」創刊。 2月、永田和宏『解析短歌論』。 9月、坂井修一『ラビュリントスの日々』。 12月、宮柊二没（74歳）。	4月、チェルノブイリ原発事故。 12月、バブル景気始まる。
1987（昭和62）84歳	5月、「短歌」が「前川佐美雄」を特集。 7月、牧羊社『幻の名歌集』に『植物祭』収録、解説は河野裕子。 10月、小高根二郎の評伝『歌の鬼・前川佐美雄』（沖積社）刊行。 12月、銀座で転倒、腰骨を折る。	5月、俵万智『サラダ記念日』刊行、年内に200万部を突破してブームになる。 総合誌「歌壇」創刊。 6月、佐藤佐太郎没（77歳）。 11月、加藤治郎『サニー・サイド・アップ』。	4月、国鉄分割民営化。 9月、村上春樹『ノルウェイの森』刊行、記録的なベストセラーとなる。
1988（昭和63）85歳	1月、藤沢市民病院に入院、4月退院、茅ヶ崎の自宅にて静養、回復に努める。 5月、「朝日歌壇」選者を辞す。後任は佐佐木幸綱。 10月、「国文学」の特集「短歌―『歌集』のベクトル」で三枝昻之が「前川佐美雄『植物祭』と『白木黒木』」を執筆。	11月、坪野哲久没（82歳）。	3月、青函トンネル開業。 9月、天皇重体で自粛ムード続く。
1989（昭和64・平成元）	10月、肺炎に罹り救急車で茅ヶ崎特集会病院に運ばれる。 12月、日本芸術院会員となる。	1月、総合誌「短歌往来」創刊。上田三四二没（65歳）。 5月、水原紫苑『びあんか』。	1月、天皇崩御、8日から平成と改元。 6月、中国天安門事件。

86歳			11月、山梨県立文学館開館。 12月、岩波書店「文学」、月刊を廃し季刊に移行。
1990（平成2） 87歳	2月、「短歌四季」が前川佐美雄を特集。 3月、藤沢の湘南ホスピタルに転院。 7月、小田原の山近病院に転院。同15日、急性肺炎にて午後5時40分死去。17日、東京港区芝公園の増上寺で葬儀・告別式。戒名天壽院名譽歌道唯眞居士。 8月、大和葛城の忍海平岡の極楽寺に永眠。 この年、塚本邦雄が「朝日新聞」7月16日夕刊に「前川佐美雄さんの死を悼む」、「毎日新聞」7月21日朝刊に追悼歌「さみなしに」寄稿。山中智恵子が「毎日新聞」7月20日夕刊に「前川佐美雄氏を悼む」を寄稿。三枝昂之が「図書新聞」8月4日に「前川佐美雄を悼む」寄稿。 7月、「歌壇」が「前川佐美雄の世界」を特集。 9月、「短歌」が「追悼特集・前川佐美雄」、「歌壇」が「追悼・前川佐美	10月、川野里子『五月の王』。穂村弘『シンジケート』。 12月、土屋文明没（100歳）。	

	雄」、「短歌現代」が「追悼・前川佐美雄」、「短歌研究」が「前川佐美雄追悼集（一）を特集。佐佐木幸綱が文芸雑誌「海燕」に「短歌の現在　前川佐美雄の死」を寄稿。 10月、「短歌研究」が「前川佐美雄追悼集（二）。 11月、三枝昻之が「短歌公論」に「追悼・前川佐美雄―朽ちざる花」寄稿。		
1991（平成3）	7月、前川佐重郎が「小説新潮」に「歌人の原郷」寄稿。「日本歌人」が「前川佐美雄追悼特集」、執筆は司馬遼太郎、近藤芳美、高橋睦郎、前登志夫、菱川善夫他。		
1992（平成4）	1月、「日本歌人」に山中智恵子が「天の扇―前川佐美雄覚書」を、佐々木幹郎が「『日本歌人』と中原中也」を寄稿。 6月、短歌新聞社文庫『捜神』刊行。 7月、歌集『松杉』を短歌新聞社から刊行。 11月、「日本歌人」に春日井建が「トレドの緋色」を寄稿。 12月、「短歌四季」が三枝昻之「評伝・前川佐美雄」を掲載。		

1993（平成5）	6月、小沢書店が『前川佐美雄全集』全5巻を企画、「短歌Ⅰ」を刊行するが、版元の事情で以後の刊行は中止となった。		
2002（平成14）	9月、砂子屋書房が『前川佐美雄全集』全3巻を企画、第1巻「短歌Ⅰ」を刊行。平成20年（2008）完結。		
2003（平成15）	ながらみ書房が前川佐美雄賞を創設、7月、第1回大口玲子『東北』の授賞式が東京で行われ、2023年現在31回を重ねている。		

＊この年表は前川佐重郎編「前川佐美雄年譜」（「日本歌人」平成3年7月号）、小高根二郎編「前川佐美雄略年譜」（「短歌」昭和62年5月号）、三枝昻之「前川佐美雄年譜」（『前川佐美雄』1993年刊）、吉岡治「前川佐美雄年譜」（『前川佐美雄全集』第3巻2008年刊）、小学館『昭和文学全集』別巻「昭和文学大年表」を参考に作成した。

■著者略歴

前川佐美雄（まえかわ・さみお）

1903（明治36）年奈良県忍海村に代々農林業を営む前川家長男として生まれる。1921年、「心の花」に入会、佐佐木信綱に師事。22年、上京し東洋大学東洋文学科に入学、「心の花」の新井洸、木下利玄、石榑茂から刺激を受け、同年9月の二科展で古賀春江の作品に感銘、関心をモダニズムに広げる。30年に歌集『植物祭』刊行、モダニズム短歌の代表的な存在となる。33年奈良に帰郷、翌年「日本歌人」創刊、モダニズムを大和の歴史風土に根づかせた独行的世界を確立。占領期には戦争歌人の一人として糾弾されたが、『捜神』の乱調含みの美意識が評価され、門下の塚本邦雄、前登志夫、山中智恵子等が活躍、島津忠夫が現代短歌の発端を『植物祭』と見るなど、現代短歌の源流とされる。迢空賞受賞『白木黒木』からの佐美雄の老いの歌は人生的な詠嘆を薄めた融通無碍の世界である。

1970年に奈良を離れて神奈川県茅ヶ崎に移り、1990年に87歳で死去。

■編者略歴

三枝昻之（さいぐさ・たかゆき）

1944（昭和19）年山梨県甲府市に生まれる。早稲田大学第一政経学部経済学科入学と同時に早稲田短歌会で活動、卒業後同人誌「反措定」創刊に参加。現在は歌誌「りとむ」発行人、宮中歌会始選者、日本経済新聞歌壇選者。歌集に『甲州百目』『農鳥』『天目』『遅速あり』他。近現代短歌研究書に『うたの水脈』『前川佐美雄』『啄木—ふるさとの空遠みかも』『昭和短歌の精神史』他、近刊『佐佐木信綱と短歌の百年』。

現代歌人協会賞（1978）、若山牧水賞（2002）、やまなし文学賞、芸術選奨文部科学大臣賞、斎藤茂吉短歌文学賞、角川財団学芸賞（2006）、神奈川文化賞（2010）、現代短歌大賞（2009）、日本歌人クラブ大賞（2022）、紫綬褒章（2011）、迢空賞（2020）、旭日小綬章（2021）他。2013年より山梨県立文学館館長を務める。

前川佐美雄歌集

二〇二三年八月三十一日　第一刷発行

著　者　前川佐美雄
編　者　三枝昂之
発行者　池田雪
発行所　株式会社　書肆侃侃房（しょしかんかんぼう）
〒八一〇-〇〇四一
福岡市中央区大名二-八-十八-五〇一
TEL：〇九二-七三五-二八〇二
FAX：〇九二-七三五-二七九二
http://www.kankanbou.com　info@kankanbou.com

編　集　藤枝大
ブックデザイン　六月
DTP　黒木留実
印刷・製本　モリモト印刷株式会社

ISBN978-4-86385-589-2　C0092

葛原妙子歌集

川野里子編

戦後短歌史に燦然と輝く歌人・葛原妙子。
すべての歌集から1500首を厳選、葛原の壮大な短歌世界が堪能できる一冊。
『朱靈』を完本で収録。

四六判、上製、296ページ
定価：本体2,000円＋税
ISBN978-4-86385-491-8

装幀：六月
栞：大森静佳、川野芽生、平岡直子

早春のレモンに深くナイフ立つるをとめよ素晴らしき人生を得よ　（『橙黃』）

わがうたにわれの紋章のいまだあらずたそがれのごとくかなしみきたる　（『橙黃』）

他界より眺めてあらばしづかなる的となるべきゆふぐれの水　（『朱靈』）

黑峠とふ峠ありにし　あるひは日本の地圖にはあらぬ　（『原牛』）